LES

GRANDS LACS DU CENTRE

DE L'AFRIQUE.

1re SÉRIE IN-8

LES EXPLORATEURS FRANÇAIS
EN AFRIQUE

LES

GRANDS LACS

DU

CENTRE DE L'AFRIQUE

PAR E. PARÈS.

LIMOGES
EUGÈNE ARDANT ET Cⁱᵉ, ÉDITEURS.

LES

GRANDS LACS DU CENTRE

I

Sur la Rovouma. — Cornec et son matelot Le Hir. — La canonnière et la « daou ». — Vieilles connaissances. — Où l'on fait
un retour sur le passé. — Comment et pourquoi nous retrouvons les survivants de l'expédition du Zambèze sur la
Rovouma. — Où s'arrêtent les détails préliminaires et où va
commencer l'histoire.

— Ohé, matelot ! ouvre les écubiers et veille au
bossoir...

— Aie pas peur, maître Cornec, on mettra des
lunettes, histoire de mieux voir, naturellement !...

— Ces satanées rivières, continua celui que le matelot appelait maître Cornec, sont traîtres en diable.
Si calmes quelles puissent paraître, elles sont toujours infestées de rapides, de bas fonds, de tapis
herbeux. Te rappelles-tu notre voyage sur le Zambèze, Le Hir?

— Parbleu, maître Cornec ! j'ai de bonnes raisons
pour m'en souvenir. Quel désastre ! Dire que nous
sommes arrivés trois jours trop tard? Et notre brave
capitaine, et monsieur Horace, et monsieur Evariste,
et ce bon Postik? que sont-ils devenus???

— Dieu seul le sait! fit en hochant la tête avec cette foi du marin doublé d'un breton Cornec, le maître d'équipage.

— Naturellement, répondit encore celui qu'on appelait Le Hir.

Cette conversation avait lieu sur une petite canonnière à vapeur, remontant de toute la vitesse de son hélice, la Rovouma, fleuve important qui se jette dans l'océan Indien entre dix et onze degrés de latitude australe, et qui semble venir du lac Nyassa.

La journée touchait à sa fin. Le ciel avait cette magnifique et chaude coloration qui semble particulière aux régions tropicales; sur les deux rives du fleuve, des masses de sombre verdure, des fouillis inextricables de mangliers aux feuilles blanches d'un côté, vertes de l'autre, projetant partout leurs branches brunes et rugueuses; des palmiers des tropiques aux frondes gracieuses, aux stipes élancés; et, sur le sol, toutes les classes, toutes les variétés de parasites, depuis le *volubilis* jusqu'aux lianes chamarrées de fleurs éclatantes, rampaient, montaient, s'enlaçaient, laissant pendre jusque sur les flots l'extrémité de leurs festons mobiles : tout cela formait, avec les oiseaux innombrables, battant l'air de leurs ailes rapides, les singes cachés sous la feuillée, les hippopotames soulevant au-dessus des roseaux leurs muffles hideux, les crocodiles s'abandonnant au fil de l'eau, un tableau vivant et plein de contrastes à damner le peintre le plus habile.

Puis, au-dessus de toutes ces masses verdoyantes, s'estompaient, molles et indécises — car la nuit approchait — les cimes élevées des collines.

La canonnière était montée par trente européens, tous français, presque tous Bretons. Leurs allures

étaient celles de bons vivants et de francs matelots.
Le pont du petit navire disparaissait littéralement
sous des ballots, des amas de vivres et de munitions.
Il en était de même à bord de la « daou (1) », qu'une
solide remarque attachait au vapeur. Seulement, là,
l'équipage — une centaine d'hommes environ —
était du plus beau noir et appartenait à cette tourbe
cosmopolite qui peuple l'île et la côte de Zanguebar :
Indous, Captes, Baniaris, etc...

Nous avons, trop souvent, eu l'occasion de nous
appesantir sur les vices et les défauts de ces rebuts
de tous les peuples noirs, que l'explorateur est toujours forcé de traîner après soi, pour ne pas craindre
de nous répéter ici.

Nous reviendrons donc à nos Européens.

Maître Cornec et le matelot appelé Le Hir, debout à
l'avant de la canonnière, l'œil abrité par le revers de
leurs mains calleuses, inspectaient toujours l'immense surface du fleuve où nul remous, nul bouil-
lonnement n'indiquait qu'on dût se garer contre les
écueils ou les rapides.

Sur les rives, les massifs exubérants masquaient
les demeures des noirs riverains Coudés ou Vouabiha.

La nuit allait venir.

En ce moment, deux nouveaux personnages sortirent de la petite cabine située à l'arrière et parurent sur le pont. L'un était un jeune homme de
vingt-cinq ans environ, à la démarche aisée, au visage
calme et énergique. Son compagnon, grand, maigre,
la barbe et les cheveux tous blancs, paraissait plus
âgé.

— La nuit va venir, dit le premier de nos person-

(1) Barque arabe, dont l'arrière seul est ponté.

nages en jetant autour de lui un rapide coup d'œil ;
et, sur ce fleuve inconnu, avec une remorque à notre
suite, il serait imprudent de vouloir continuer notre
route.

— Vous avez raison, capitaine. Pourtant, je ne
sais quel pressentiment secret me pousse à ne pas
perdre une minute. Si nous arrivions trop tard ?

— Allons donc, monsieur Carpezac, des doutes !
Qu'est donc devenu cette confiance qui vous animait
tant autrefois ?

Le Gascon hocha la tête.

— Autrefois, dit-il, autrefois est bien différent
d'aujourd'hui. J'ai tant souffert depuis cet instant
fatal où toute certitude de les revoir s'est évanouie
à jamais !... Vous ne les connaissez pas comme je les
connais, moi... Kerpewen, la patience, l'énergie ;
Horace, un être loyal et chevaleresque ; Evariste,
le meilleur, le plus sûr des amis ; Postik, le dévouement fait homme. — Je vous ai raconté nos longues
courses dans le désert, les dangers, les périls que
nous avons bravés ensemble ; je vous ai dit comment
ils m'avaient accueilli, secouru, moi seul, errant,
abandonné au milieu des solitudes de l'Afrique. Ensemble, nous pouvions tout, nous eussions tout
osé ! — Mais qui vous dit que maintenant il en est
de même, que le doute, le découragement et surtout
la misère, n'ont pas abattu ce courage, cette énergie
indomptable ?... Ah ! il eut mieux valu, pour eux
comme pour moi, que ce fort maudit nous eut tous
écrasés sous ses ruines.

« Et maintenant, où sont-ils ? continua le Gascon.
Peut-être morts, peut-être perdus dans ces déserts
sinistres, peut-être prisonniers de quelque sauvage
imbécile... Et vous croyez qu'une certitude, si cruelle

qu'elle fut, ne vaudrait pas mieux cent fois que ce doute atroce qui me ronge et me torture?...

— Confiance ! dit Georges Le Bihau en lui prenant la main. Vous oubliez que si l'homme ne peut rien, Dieu, lui, peut tout, et que, s'il a décidé de nous réunir à nos amis, quels que soient les dangers qui nous attendent, rien ne pourra entraver sa volonté.

— Merci, ami, dit le Gascon ému ; j'ai tant besoin d'espérer !

Et tous deux se turent, et, le regard fixé sur le fleuve, parurent s'absorber dans une seule et même pensée.

Depuis quelques minutes déjà, l'ombre et les ténèbres avaient brusquement succédé aux radieuses clartés du jour. Mais sous les pâles et pures lueurs des étoiles, ces ténèbres allèrent bientôt en s'affaiblissant, et la lune, se levant dans toute sa majesté, inonda le fleuve de ses rayons argentés.

— Faut-il mouiller? demanda alors Cornec, le maître d'équipage.

— Non! dit vivement Carpezac. Puisque la lune se montre si complaisante ce soir, profitons de sa bonne volonté *cap de bious!* nous n'arriverons jamais trop tôt.

— Toujours en avant! cria Cornec au mécanicien.

Et, quittant son poste d'observation, il appuya nonchalamment la main sur la roue du gouvernail.

Le petit vapeur filait avec une vitesse de huit nœuds à l'heure. Par son étroite cheminée s'échappaient de noirs tourbillons de fumée qu'éclairaient parfois des myriades d'étincelles, rouges dans la nuit. Son allure avait quelque chose de fantastique et de surnaturel, bien fait pour frapper de terreur les timides riverains de la Rovouma.

Mais quel était ce navire?

Nos lecteurs, qui se souviennent de la première partie de cet ouvrage (1), reconnaîtront facilement ici la canonnière du yacht l'*Isthme de Panama*. Pour peu qu'ils consultent leurs souvenirs, ils se rappelleront la terrible catastrophe qui assaillit nos courageux explorateurs au moment où ils croyaient toucher au port; ils reverront Kerpewen, Horace, Evariste, Postik, luttant en désespérés contre les sauvages et la famine, et, quittant le vieux fort en ruine, ils suivront Carpezac dans les effrayantes péripéties de sa fuite sur le Zambèze.

Puis, après avoir vu le Gascon cramponné sur son écueil, sonder en désespéré les moindres recoins du fleuve, tressaillir à chaque bruit, ils reviendront avec Georges Le Bihan, au fort ruiné et assisteront aux vaines et stériles recherches des aventuriers; ils reliront le document trouvé parmi les pierres noircies et carbonisées; ils comprendront pourquoi Carpezac et le jeune lieutenant avaient abandonné le Zambèze pour venir au-devant des explorateurs par la voix qu'ils croyaient la plus sûre.

A Zanzibar, Georges et Carpezac avaient complété leur pacotille, engagé des « Askaris (2) » et des « Pagazis (3) »; par un bonheur providentiel, une vingtaine de matelots, reste de l'équipage du brick français, le *Dauphin*, naufragé dans le canal de Mozambique, consentirent à se joindre à l'expédition.

_____

(1) Le Zambèze, troisième série des Explorateurs français en Afrique.

(2) « Askaris » : nom donné aux nègres qui, sous le nom de « soldats », composent l'escorte des voyageurs.

(3) « Pagazis » : porteurs.

Les engagements, les approvisionnements faits, le yacht, redescendant au sud, était venu mouiller dans la magnifique baie en fer de lance que forme l'embouchure de la Rovouma.

Là, la canonnière à vapeur, la « daou », achetée à Zanzibar avait été mise à flot, et, abandonnant le yacht qui devait, en attendant de nouveaux ordres, croiser dans l'océan Indien la majeure partie de l'équipage, les noirs s'étaient embarqués pour remonter le fleuve et essayer d'atteindre le lac Nyassa des Maravis, point vers lequel, selon toutes probabilités, s'étaient dirigés les survivants de l'expédition du Zambèze.

On était au mois de janvier, circonstance heureuse, car, à cette époque, le fleuve gonflé par les inondations, grossi de nombreux affluents, desséché pendant l'été, avait un volume d'eau presqu'égal à celui du Zambèze.

— En route! avait dit Georges Le Bihan en se découvrant respectueusement, et puisse le Tout-Puissant nous protéger.

Et on était parti sans presque savoir où on allait. Mais, de même que, dans la nuit noire, une étoile suffit pour guider le navigateur; l'espérance rayonnait au fond de leurs âmes et leur faisait entrevoir bien proche ce but vers lequel tendaient tous leurs désirs.

A part quelques moments de faiblesse et de découragement — bien excusables si on pense aux difficultés, à la grandeur de l'œuvre qu'ils avaient entreprise — ils espéraient fermement retrouver leurs amis, les sauver de la mort ou de l'esclavage, les venger s'ils avaient péri.

Et, pour de pareils dévouements, que sont les périls et les fatigues?

Et, maintenant que nous avons retracé aussi brièvement que possible ce qu'il importe de connaître pour l'intelligence de ce qui va suivre, nous allons reprendre notre récit au point où nous l'avons laissé.

II

Nuit sur le fleuve. — Point du jour et paysage. — Continuation du voyage. — Cornec défie les sauvages. — Les Condés. — Costumes et parures. — Premières hostilités. — A toute vapeur. — Cernés de toutes parts. — Bataille. — La canonnière s'échoue. — Enlèvement de la « daou ». — Canonnage et pillage. — L'explosion. — Hurrah !

La nuit se faisait de plus en plus sur le fleuve, et la lune, après avoir brillé d'un éclat magique, s'inclinait lentement derrière les montagnes de l'ouest ; le murmure des flots venant en clapotant se briser contre les flancs du navire, la voix rauque et stridente de fauves, le cri plaintif d'un oiseau de nuit, le frémissement des herbes et des roseaux agités par la brise étaient les seuls bruits que percevaient les aventuriers.

Bientôt la lune disparut tout à fait et l'obscurité se fit complète et soudaine.

— Stopp ! cria le jeune lieutenant.

Le mécanicien arrêta la machine ; la canonnière ne filait plus que sur son erre.

Mouille ! commanda encore le jeune homme.

Le grincement d'une chaîne, le bruit de l'ancre,

tombant dans l'eau effrayèrent toute une famille de
flamands roses qui dormait dans les roseaux, puis le
silence se fit de nouveau.

A bord de la « Daou », la même manœuvre avait
été exécutée. Des fanaux furent hissés au sommet
des mâts et projetèrent dans un faible rayon leur
rouge clarté; ici, les hommes gagnèrent leurs hamacs;
là, ils s'étendirent pêle-mêle avec les ânes, les
chèvres et les moutons au fond de la barque, et
bientôt le silence et l'immobilité régnèrent partout.

Seuls, Carpezac et Georges, trop préocupés pour
pouvoir dormir, assis sur les bordages de la canonnière, jouissaient des charmes de cette belle nuit, et
égrenaient sur les absents leurs plus douces pensées.

La nuit s'écoula rapidement.

Le petit vapeur avait constamment été tenu sous
pression, et lorsque le jour parut brusquement,
radieux, sans graduation, les ancres furent levées et
le voyage repris.

Le paysage, à cette heure matinale, était splendide. On avait dépassé la région des mangliers, et, à
cette triste et sombre verdure, succédait une végétation jeune, riche d'exubérance et de sève. Tout
s'éveillait, tout s'animait. A côté des monstrueux et
informes hippopotames, des crocodiles étendus sur
les bancs de vase, on voyait des milliers d'oiseaux
habillés des plus magnifiques couleurs; les troncs
flottés qu'entraînait le courant étaient parfois entièrement couverts de ces charmants et singuliers matelots que guettait l'aigle pêcheur, immobile dans
l'immensité des cieux.

Le petit vapeur, en déchirant la nappe, claire et
unie comme un miroir d'acier, du fleuve, faisait

jaillir sous son taille-mer aigu comme un éperon, des millions de globules diamantées.

Les hautes collines qui bordent la Rovouma étaient un cadre digne de ce tableau pittoresque.

— La belle journée, messieurs ! fit tout à coup maître Cornec en venant familièrement s'accouder auprès des deux amis. Quoique ce soit une triste chose, pour un marin, de naviguer sur une rivière avec un chaland à la remorque, il faut pourtant rendre aux rivières africaines la justice qu'elles méritent.

— Tu trouves, vieux marsouin ? dit Georges en souriant. En effet, reprit-il après un moment de silence, ce sont de bien belles, mais bien terribles rivières, et tel qui s'y engage, l'esprit libre et joyeux, n'est pas sûr de revoir, au retour, les sites, les amis qu'il a salués au départ.

— Bah ! riposta le maître d'équipage, des rapides, des gorges comme au Carivoua, à Kébrasaba (1), on les passe.

— Et les sauvages ?... et les balles ?... et les flèches ?

Le maître retroussa les manches de son *caseau*, et montra des bras musculeux, velus, et terminés par des poings capables d'assommer un bœuf.

— Voilà pour les sauvages ! fit-il avec orgueil.

— Naturellement ! ajouta Le Hir.

Il est dans la vie réelle des coïncidences bizarres qui prouvent que le hasard, cette divinité aveugle des anciens, est le plus audacieux des romanciers. A peine le matelot achevait-il ces mots, que les rives du fleuve se couvrirent de sauvages à l'aspect féroce, brandissant des lances et des sagaies, poussant des cris forcenés.

(1) Sur le Zambèze.

C'étaient les Coudés.

Le corps nu et admirablement modelé, chargé de tatouages indélébiles, la face couverte d'un masque hideux, obtenu par l'application successive de plusieurs couches d'ocre délayée avec de l'huile ou de la graisse d'hippopotame ; les cheveux, où flottaient des plumes, relevés et entourés d'une triple rangée de perles rouges comme du corail ; un lambeau de cotonnade ou d'écorce d'arbre autour des reins ; les bras, les poignets ornés de bracelets, d'anneaux, ces sauvages étaient vraiment superbes à contempler.

Ils avaient des pauses, des attitudes, qui, pour n'avoir rien d'étudié, d'académique — dans le sens qu'on donne à ce mot dans les ateliers — n'en étaient pas moins magnifiques et eussent fait la fortune d'un peintre ou d'un sculpteur.

L'admiration faisait taire la crainte.

— Quels gaillards ! murmura Carpezac malgré lui.

— Oui, quels gaillards ! fit Cornec. Mais si nous n'y prenons pas garde, ils pourraient bien nous faire faire connaissance avec les broches et les chaudrons qu'ils préparent à notre intention.

— As pas peur, riposta Le Hir ; ils ne nous mangeront pas sans boire un coup.

— La tasse est là.

— Naturellement !

En effet, les « gaillards » de Carpezac témoignaient hautement d'intentions peu pacifiques. Sur un signal, parti on ne sait d'où, les flèches soigneusement effilées et empennées, volèrent et vinrent rebondir en se brisant sur les flancs du vapeur ; quelques-unes, « pointées » plus haut, décoiffèrent plusieurs matelots.

Sur la « Daou », il y eut des blessés, car, chose

étrange, les nègres tirent plus volontiers sur leurs
frères en couleur que sur les blancs qu'ils croient
invulnérables.

— C'est donc sérieux? dit Carpezac.

Une nouvelle décharge de flèches et de sagaies
vint lui prouver que, en effet, ce n'était pas une plai-
santerie.

— Chauffe! chauffe! cria Georges au mécanicien.

Il espérait se soustraire, par la rapidité de sa
course, à la rage de ces agresseurs stupides; mais,
au même moment, de toutes les anses, de toutes les
criques, que découpait le fleuve, surgirent des pirogues montées par cinq, dix, quelquefois vingt
guerriers, et bientôt la canonnière, retardée par sa
remorque, se vit entourée de toutes parts, comme un
sanglier par une meute famélique, ou plutôt —
l'expression est de Cornec — comme une majes-
tueuse baleine par une nuée de voraces marsouins.

D'autres canots parurent à l'arrière : la retraite
même n'était plus possible.

— C'est une leçon qu'ils cherchent! dit Georges
les poings crispés, l'œil étincelant de colère; car il
comprenait qu'une pareille attaque était préméditée
et que toute tentative de conciliation serait impossible.

— Ils l'auront, sandis! répondit le Gascon, et complète, je m'en vante.

Sur les deux navires tout était prêt pour recevoir
les assaillants. Les deux mitrailleuses furent démas-
quées et vomirent une pluie de fer et de feu. Déjà la
lutte s'était engagée. Les blancs comptaient sur la
supériorité de leurs armes; mais ils n'avaient pas
prévu une chose : les Condés possédaient presque
tous des fusils, fusils de traite, il est vrai, fusils à

pierre, mais qui, dans leurs mains exercées, manquaient rarement le but.

Coup pour coup ! balle pour balle !...

Acharnés à la perte des aventuriers, debout dans leurs légères pirogues, les Condés entouraient déjà la canonnière qui, elle-même, disparaissait au milieu d'opaques nuages de fumée qui trouvaient, çà et là, de rouges clartés. Chacun faisait son devoir sans un cri, sans un murmure ; seul, maître Cornec se permettait un « hum » retentissant à chaque sauvage qui tombait sous ses coups.

Tout à coup un choc se produisit à l'avant de la canonnière qu'il était impossible de diriger au milieu de telles péripéties, et la quille râcla le sol en faisant crier le sable et le gravier.

Elle venait de s'échouer sur un bas fond.

— Qu'importe! répondit Georges quand on lui apprit cette nouvelle qui compliquait singulièrement la situation. L'important est de nous débarrasser de ces démons. Du cœur donc ! avec l'aide du Seigneur nous en viendrons à bout !

Et le combat se continua plus terrible, plus sanglant que jamais. Cependant, du côté des assaillants, le feu se ralentissait singulièrement ; bientôt il cessa tout à fait

— Que se passe-t-il ? fit Carpezac qui se pencha à l'arrière du petit navire, essayant de percer les voiles de vapeur accumulés sur les flots.

— Les démons ! rugit Cornec au même instant.

Tous, frappés de stupeur, regardèrent.

Comprenant qu'ils ne réussiraient jamais à forcer la canonnière, tous les efforts des Condes s'étaient portés sur la « Daou » que les « Askaris » défendaient mollement. Quelques instants avant l'échouage du vapeur, la remorque avait été coupée, et la barque dérivait lentement, emportée par le courant.

L'abordage avait été rapide, impétueux et... peu sanglant. Avec la bravoure qui caractérise cette tourbe qui s'engage au service des caravanes, pendant que les Condés montaient à l'assaut d'un côté, « Askaris » et « Pagazis » se précipitaient à l'eau de l'autre et nageaient, qui vers la rive où les attendaient de nouvelles volées de flèches, de nouvelles décharges de mousqueterie, qui vers la canonnière.

Voilà pourquoi cette dernière avait été abandonnée, voilà pourquoi la « Daou » filait avec le courant, chargée de tous les Condés, pillant la cargaison et s'enivrant déjà de rhum et d'eau-de-vie.

Tout cela avait été rapide comme la pensée.

— Vengeance ! crièrent les matelots.

— Arrêtez, au nom du ciel ! ordonna Georges.

Mais sa voix ne fut pas écoutée ; les deux mitrailleuses, traînées à l'arrière, furent pointées sur la « Daou », et les détonations se succédèrent sans relâche, calmes, méthodiques.

Les matelots, sûrs de leur vengeance, ne se pressaient plus.

Affolés, les Condés arpentaient le tillac comme des fauves emprisonnés ; avec leur imprévoyance habituelle, ils avaient négligé d'attacher leurs canots, et la « Daou », qu'ils ne pouvaient diriger, dérivait lentement, les laissant sans défense exposés aux coups de leurs ennemis.

Un seul parti leur restait : se jeter à la nage et essayer d'atteindre la rive. Mais ils n'en eurent pas le temps. Soit que les balles des mitrailleuses eussent traversé les bordages peu épais de la barque arabe et communiqué le feu aux poudres qui y étaient emmagasinées, soit tout autre cause, la « Daou » sauta avec un bruit formidable, lançant au ciel, rougi par l'explosion, des débris incandescents, des corps pantelants et horriblement mutilés?

Le drame était fini.

— Horrible!... horrible!... murmura Georges Le Bihan en prenant sa tête à deux mains.

— C'est la guerre! dit Carpezac.

— Hurrah! criaient en même temps les matelots avec cette satisfaction sauvage de la haine assouvie.

III

Pertes et désastres. — Délibération. — Décision énergique. — Où Cornec fait un discours et ce qui s'en suivit. — En avant! — Renflouage de la canonnière. — Premières tombes. — Toujours sur le fleuve. — Les affluents. — Un peu au hasard. — Confiance et gaieté des matelots.

Quelques rapides foudroyants qu'eussent été les péripéties, les incidents de ce drame terrible, le temps inexorable avait poursuivi son cours, et la journée touchait à son terme quand les aventuriers, par l'explosion de la « Daou », se virent délivrés de leurs ennemis.

— Aux blessés! cria Georges alors, et sauvons au moins ces malheureux!

La canonnière était toujours échouée sur son banc

de sable; mais l'eau était encore assez profonde pour permettre aux deux petits canots de gagner le milieu du fleuve.

Là, le spectacle était horrible : les flots roulaient et des épaves noircies et des corps sanglants et atrocement mutilés. Les « Pagazis », les « Askaris » s'efforçaient d'approcher de la canonnière, pendant que les noirs Condés, échappés au désastre, se hâtaient d'accoster la rive où ils disparurent bientôt derrière les bambous et les papyrus.

Les pertes des Européens s'élevaient à quatre matelots, et à une vingtaine de noirs tués ou blessés.

Mais les pertes matérielles étaient plus graves encore : la « Daou », qui renfermait la plus grande partie de leurs richesses, de leurs munitions, la « Daou » n'existait plus.

Carpezac semblait désespéré.

— Que faire? disait-il en étreignant à deux mains son front brûlant, que faire?... Retourner à Zanzibar compléter nos approvisionnements serait le plus sage; mais que de jours, de mois de perdus! D'un autre côté, le désastre terrible que nous venons d'essuyer sera bientôt connu, et personne ne voudra nous accompagner... Je le répète : que faire?

— Avoir de la confiance, de l'énergie, répondit Georges avec conviction, et l'avenir nous dédommagera du présent. Oui, le premier pas franchi, il serait lâche à nous de reculer. Nous disposons encore d'une centaine d'hommes; si la « Daou » n'existe plus, les vivres, les marchandises, les armes de la canonnière sont intacts; avec de telles ressources, nous pouvons aller loin.

— Mais la canonnière est échouée...

— Demain, nous la déchargerons et essayons de la renflouer.

— Et les hommes?... Croyez-vous que cet avant-goût des plaisirs du voyage les engagera à nous suivre?

— Ils n'oseront retourner sur leurs pas.

— C'est égal, murmura le Gascon avec dépit, voilà une campagne qui s'annonce bien mal.

— Elle ne s'en terminera que mieux. Que diable, mon cher, comptons un peu sur nous et beaucoup sur Celui qui mène tout en ce monde...

— Vous avez raison, mon ami. *Mordioux*! quelle triste chose que l'amitié puisqu'elle me rend, moi, Carpezac, moi, le Gascon par excellence, aussi mou qu'un enfant!...

Georges ne put retenir un sourire.

— La nuit porte conseil, dit-il; tâchons de prendre un peu de repos, et demain nous examinerons de nouveau la situation.

Le lendemain, quand les premiers rayons du soleil, dorant la surface limpide des flots, éclairèrent cette belle terre d'Afrique, tout l'équipage était sur le pont.

Le paysage était toujours le même : des deux côtés du fleuve, des taillis de bambous, de noirs papyrus, des masses exubérantes de feuillage que le soleil nuançait de lueurs pourpres et radieuses, des montagnes aux molles ondulations, aux croupes chargées de verdure, et, au-dessus, comme une tente immense, un ciel bleu et profond.

Georges eut voulu haranguer l'équipage, mais maître Cornec lui épargna ce soin.

— Mes amis, dit-il en se fourrant une énorme chique de tabac dans le coin de la bouche, savez-

vous ce que pense le lieutenant, capitaine pour le
moment? Non, n'est-ce pas? Eh bien! voilà ce qu'il
vient de me dire !

— « Cornec, mon fi!s, je croyais avoir sous mes
» ordres de braves loups de mer, prêts à se faire
» casser la tête sans même demander pourquoi ;
» erreur, mon vieux, je commande à un régiment
» de « demoiselles », de marins d'eau douce en un
» mot !... »

— Naturellement! dit Le Hir.

Quelques murmures éclatèrent sur le pont.

Cornec reprit :

— « Avec de pareils faillis chiens », c'est le capi-
» taine qui parle, « je n'ai qu'un parti à prendre :
» retourner sur mes pas et laisser Kerpewen et les
» autres, si empêtrés qu'ils soient dans le *mic mac*,
» s'en déhâler comme ils le pourront. »

— Naturellement! dit encore Le Hir.

— Toi, fiche-nous pour deux liards de patience.

Et l'orateur jeta un regard de dédain sur les matelots, qui pâlissaient et s'agitaient sourdement.

— « Capitaine », que j'ai dit, « si vous n'étiez pas
» mon chef, je vous briserais, ni plus ni moins qu'une
» barre de guindeau hors de service. A preuve que
» vous vous trompez, à preuve que vous vous
» fourrez un mât de misaine dans l'œil, histoire de
» remplacer les lunettes, c'est que ces braves garçons
» ne demandent qu'une chose : retrouver leur vrai
» capitaine pour ne plus être commandés par un
» freluquet tel que vous... En attendant, ils vous
» obéiront comme à lui... » Pas vrai, les lascars?...

— Naturellement! répondit Le Hir.

— Oui !... oui !.... crièrent les hommes en trépi-
gnant.

— A l'ouvrage! ajouta Le Hir, le plus enthousiaste des matelots.

— Faites excuse, mon lieutenant, et ne me gardez pas rancune si je vous ai un peu passé au *coallar*, reprit Cornec en s'approchant de Georges. Mais je les connais, si je ne leur avais pas présenté la chose en douceur, ils n'auraient jamais été propres à rien... Maintenant, ils vous suivront jusqu'au bout du monde.

— Merci! dit Georges en pressant doucement la main brune et calleuse du maître. Oh! je n'avais pas un instant douté d'eux ni de toi!

Et, comprenant qu'il fallait battre le fer pendant qu'il était rouge encore, le jeune capitaine donna ses ordres pour le renflouage du petit navire. Quinze hommes descendirent à terre, bien armés, l'œil au guet, et s'établirent sous l'ombrage d'un magnifique figuier, tandis que les noirs, sous la direction du reste de l'équipage, s'occupaient du déchargement.

Les deux petits canots de la canonnière ne pouvaient suffire; heureusement, quelques pirogues échouées sur la rive furent trouvées et utilisées à propos. Toute la journée ce fut un va et vient continuel; plusieurs fois, des crocodiles qu'on heurtait, des pachydermes troublés dans leurs ébats ou dans le travail d'une digestion difficile, se ruèrent sur les faibles embarcations et faillirent les chavirer; mais c'étaient de minces incidents qui ne prêtaient qu'au rire.

Les Condés ne se montraient plus : la leçon leur avait été profitable.

Vers le soir, toutes les marchandises, tout le matériel de l'expédition étaient à terre; le jour suivant, on démonta la machine, et le petit navire, sensiblement allégé, vide comme un coffre, flotta de nouveau sur les eaux libres.

— Hurrah ! crièrent les matelots.

Le remontage de la machine, le chargement, l'embarquement du bois nécessaire au chauffage, car, on comprendra facilement que la petite provision de houille avait vu sa fin depuis longtemps, prirent trois jours encore. Ce ne fut que sept jours après l'attaque des Condés que l'expédition put quitter ce lieu sinistre.

Mais auparavant, les derniers et suprêmes devoirs, — une tombe et une croix ! — furent rendus aux victimes de ce triste combat.

—En route ! dit alors Georges, et puisse le Seigneur, cette fois, nous être favorable !

— Espérons qu'il en sera ainsi ! fit Carpezac.

— Naturellement, ajouta Le Hir.

Et le voyage se continua difficile et périlleux sur ce fleuve encombré de bois flotté, de tapis herbeux et, en certains endroits, de lentilles d'eau que le taille-mer aigu de la canonnière ne coupait qu'avec difficulté.

Plus loin, des îlots rocheux, des bancs de sable encombrés de larges plantes aquatiques, des massifs d'arbustes épineux, refoulaient brusquement le flot et divisaient le fleuve en plusieurs branches. L'incertitude des aventuriers était grande : laquelle de ses branches était la bonne ? Souvent ils s'engageaient, au risque de s'échouer, dans une de ses impasses, où, grâce aux branches de toutes sortes, enchevêtrées, enlacées à plusieurs mètres au-dessus de leurs têtes, régnait une obscurité perpétuelle.

C'était une lagune, un misérable affluent, contenant

à peine assez d'eau pour faire flotter le canot d'écorce du sauvage.

Il fallait alors faire machine en arrière, ouvrir à grands coups de haches un passage au milieu des roseaux et des bambous, et c'était toujours une perte de temps dont s'indignait Carpezac.

— Bah! lui répondait Cornec, ce n'est pas en courant qu'on arrive le plus vite.

Et Le Hir ajoutait de sa voix la plus flegmatique:

— Naturellement!

Les hommes, eux, se laissaient mener avec cette insouciance superbe, qui fait que le marin se trouve bien partout où il sent sous ses pieds les planches vacillantes d'un navire. Qu'importaient à ces natures énergiques et façonnées aux périls et aux dangers les plus terribles, qu'on les conduisît dans le centre de l'Afrique. Solitude pour solitude, mieux valaient les forêts inondées de lumière, les plaines, les savanes immenses, où l'on respirait à pleins poumons, où l'on se sentait vivre, aux déserts arides et glacés des pôles, images trop visibles de la mort et de la désolation.

Les noirs, « Askaris » et « Pagazis », ne partageaient pas cette confiance, cette sécurité des matelots; mais, d'une part le danger auquel ils venaient d'échapper, comme par miracle, était encore présent à leur mémoire, et garantissait toute velléité de révolte; de l'autre, la crainte, la terreur que leur inspiraient les Condés étaient telles, que, pour rien au monde, ils eussent consenti à retourner en arrière.

— Ne nous plaignons donc pas, disait l'incorrigible maître d'équipage, tout marche comme sur des roulettes...

2

— Carrées, naturellement, interrompait Le Hir.

Georges et Carpezac pressaient de tous leurs efforts la marche du petit navire.

Bien des jours se passèrent ainsi.

IV

Toujours la Rovouma. — Où l'on entrevoit le tatouage des riverains. — Condés et Vouabiha. — Sur les montagnes. — Paysages. — Le « rêve » de Carpezac. — Comme quoi il vaut mieux espérer que désespérer. — Une attaque d'hippopotames. — Charge furieuse contre laquelle l'artillerie n'est pas de trop. — Où une balle de Cornec épargne à Le Hir un trépas peu poétique. — On abandonne le fleuve. — Par terre. — Premières traces des Mazitous. — Remède contre l'esclavage qui, de prime abord, peut paraître paradoxal.

Quand le fleuve courait tout droit à l'avant de la canonnière, Carpezac et Georges, toujours accompagnés de quelques matelots et de l'inévitable Cornec, se faisaient conduire à terre, traversaient les terrains bas et inondés, les forêts vierges encore qui séparent la Rovouma des montagnes, et se plaisaient à chasser les éléphants ou les léopards, ou bien, encore, à collectionner des fleurs et des insectes.

Les naturels se montraient plus civils et moins farouches. C'étaient toujours, sur la rive gauche, des Condés à demi-nus, tatoués comme les insulaires des îles Marquises, et ajoutant encore à leur laideur habituelle par leurs dents limées en pointe, les ornements bizarres rappelant le « pélélé » du Manganyas qu'ils s'introduisaient dans les lèvres ; sur la rive droite, des Vouabiha, qui, sous le rapport de la parure, de la « beauté locale », ne le cédaient en rien à leurs voisins.

Parfois leurs villages se dressaient autour de l'établissement d'un traitant arabe, car les Arabes, détenteurs de tout ce qui peut flatter un sauvage, fusils de pacotille, perles de toutes nuances, de toutes grosseurs, cotonnades éclatantes, quincailleries, etc..., étaient les seuls rois de cette région.

Ces promenades, en dégourdissant les jambes de nos amis, avaient encore l'avantage de les soustraire aux miasmes pestilentiels qu'exhalaient les terrains marécageux et couverts d'une eau bien vite corrompue par le soleil, qui avoisinaient le fleuve ; les détritus végétaux, accumulés un peu partout, étaient une autre cause de fièvre que chassait bien vite l'air pur et relativement frais des hauteurs.

Le pays était toujours charmant et présentait, à chaque pas, des sites, des scèneries à faire pâlir le pinceau le plus audacieux. Qu'on se figure des amas capricieux de maisonnettes aux murs d'argile, de pisé ou de bambous, surmontés comme d'un chapeau chinois de cônes aigus en chaume doré ou en larges feuilles vertes et luisantes comme des feuilles de tôle ; des champs immenses où mûrissaient le riz, le chanvre, le millet, le sorgho, etc...; des massifs svelles et aériens de gracieux élaïs, des sombres murailles d'euphorbes épineux que dominait, çà et là, la tête monstrueuse d'un baobab ou d'un tamarin géant; des clairs « noullahs » courant comme des rubans de cristal et couverts d'hôtes emplumés, parfois d'alligators.

Qu'on ajoute à cela des femmes, des enfants, des

vieillards assis sur la lisière des sentiers, ou pour-
suivant en criant les rares animaux domestiques
qui vivent à l'ombre de leurs cases, et on aura un de
ces tableaux hantés, pleins d'ombres et de contrastes, mais admirables à force de beauté, de grandeur sauvage.

— Vivadiou! disait le Gascon, on se sent rajeunir
au milieu de cette nature superbe. Aussi vrai que je
m'appelle Carpezac, quand mon ami Evariste aura
construit son chemin de fer, je lui demanderai une
place de chef de gare sur la Rovouma.

— S'il le construit jamais! murmura Georges.

— Bah! fit le Gascon qui, maintenant qu'il se
voyait lancé à toute vapeur — selon son expression
— ne voulait plus voir que les beaux côtés de l'entreprise ; si ce gaillard là ne réussit pas, personne
ne réussira, c'est moi qui vous le dis...

Georges hocha tristement la tête.

— Vous les croyez morts? poursuivit le Gasçon.

— Je m'efforce de penser le contraire, de me persuader, de vous persuader à tous que nous les reverrons ; mais...

— Mais vous n'y croyez que par bouffée, et moi
aussi, sandis! Cependant, hier j'ai eu un songe que
j'ai pris pour un avertissement d'en Haut. Vous vous
en souvenez, par exception, nous campions à terre...
Les hommes dormaient; moi, je m'étais retiré à
l'écart, près d'un feu à demi-consumé, et, mon fusil
entre les jambes, je m'efforçais de lutter contre la
somnolence étrange qui s'emparait de tout mon
être. Tout à coup, je tressaillis. — Un songe! était-
ce bien un songe?... Mes yeux étaient tous grands
ouverts, et pourtant le bivac, nos compagnons, tout
avait disparu...

« Seul, vous étiez avec moi ; nous nous trouvions dans une vaste salle, au milieu d'inconnus. — Soudain quatre hommes percent la foule et se précipitent vers nous en criant : — « Mes frères ! » — Miracle ! c'étaient Poslik, Evariste, Horace, Kerpewen !... C'étaient eux, frais, souriant, dispos, insultant presque par leurs mines radieuses à notre misère, à notre dénûment.

» Et, maintenant, dites si j'ai raison d'espérer ?...

— Songe, mensonge ! murmura le jeune lieutenant, frappé malgré lui de ce rêve étrange.

— L'avenir prouvera qui de nous a tort ou raison, répondit Carpezac.

Ils furent interrompus par des cris, les éclats d'une mousquetade bien nourrie. Instinctivement, ils saisirent leurs armes et descendirent la berge du fleuve. Là, le spectacle était horrible. Plusieurs matelots, montés dans le petit « you-you », s'étaient donné le plaisir de chasser les hyppopotames qui pullulaient en cet endroit ; ils en avaient harponné un ; mais le monstre blessé s'était élancé sur l'embarcation et l'avait broyée dans ses mâchoires puissantes.

Les matelots nageaient de toutes leurs forces vers la canonnière ; les pachydermes furieux n'abandonnaient pas la partie ; ils surgissaient de tous les côtés à la fois, de tous les bancs de sable, de tous les taillis de bambous et de papyrus ; ils entouraient la canonnière, et malgré le fracas de sa machine, malgré les tourbillons de son hélice, essayaient de la culbuter sous leurs assauts furieux.

— Misère de ma vie ! s'écria Cornec tout à coup, Le Hir ! mon vieux matelot !

— Il est perdu ! firent en même temps Georges et

Carpezac en voyant le pauvre matelot, à quelques brasses de la chaloupe, d'où les cordes et les perches se tendaient vainement vers lui, poursuivi par le plus furieux des pachydermes, celui-là même que le harpon avait blessé.

Plus prompt que la pensée, Cornec avait déjà épaulé son fusil, et, visant rapidement, il logea dans le crâne du monstre une balle explosible terminée par une pointe d'acier.

Le monstre plongea aussitôt, et le matelot, profitant de ce moment de répit, saisit une des cordes qui pendaient de tous côtés et se hissa sur le pont de la chaloupe avec l'agilité d'un singe ou d'un clown de cirque.

— Ouf! fit maître Cornec en s'essuyant le front.

Cependant, les assaillants, plus nombreux, plus audacieux, battaient de leurs crânes durs comme du granit les flancs du petit navire.

Impossible de le diriger au milieu d'une telle confusion.

— Armez les mitrailleuses! s'écria Carpezac en agitant son chapeau.

L'ordre fut aussitôt exécuté que compris. Bientôt les sifflements sinistres de la mitraille retentirent, et le petit navire disparut dans un nuage opaque de flamme et de fumée.

Jamais pareille chose ne s'était vue sur la Rovouma. Aussi, après un simulacre de résistance, les hippopotames affolés, se hâtèrent de disparaître au plus vite.

— Sauvés! s'écrièrent Georges et Carpezac qui avaient suivi, la sueur de l'angoisse aux tempes, les différentes phases de cette attaque étrange.

Et ils gagnèrent vivement leur canot et de là le vapeur.

A partir de ce point, la Rovouma se rétrécissait considérablement et ne roulait plus qu'un volume d'eau presqu'insignifiant dans son *lit rocailleux*; le petit vapeur touchait presqu'à chaque minute, et malgré les radeaux qu'on construisit pour l'alléger de sa cargaison, il devint bientôt évident que la voie fluviale était impossible.

Restait la voie terrestre, et pédestre... il faut le dire.

— Il est de toute évidence, dit Carpezac, que quand bien même — ce dont je doute — la Rovouma nous conduirait au lac Nyassa, nous ne pouvons continuer à la suivre. Déjà son tirant d'eau devient de plus en plus faible, son *lit se rétrécit* et des rapides, au dire des indigènes, se dressent au loin. Le fleuve impraticable, il nous reste la voie de terre.

— Par malheur, nos pauvres ânes ont péri sur la « Daou ».

— Un ennui de moins, sauf votre respect, interrompit Cornec. La « tsetsé » ou quelque vampire *analogue* nous en aurait promptement débarrassé. D'ailleurs, les nègres sont là : — bêtes de somme si l'on veut ; mais ils ne sont bons qu'à ça...

— Naturellement! ajouta Le Hir...

La chose ainsi convenue, on abandonna le pauvre navire sans trop oser espérer le retrouver au retour, et, quittant le fleuve, l'expédition s'enfonça dans les jungles impénétrables, où un étroit sentier, creusé par le passage des caravanes, et bordé de buissons épineux, d'arbres étendant horizontalement leurs branches dures et noueuses, leurs lacis de lianes qu'il fallait abattre à grands coups de haches pour s'ouvrir un passage, se dirigea en droite ligne vers le Nyassa des Maravis.

Cependant, au milieu de ces fouillis de jungles et de forêts, de collines et de marécages, il se rencontrait de belles et vastes plaines, où, à l'ombre d'un feuillage protecteur, germaient les moissons, s'élevaient des villages populeux et bien défendus. Mais, presque partout, l'anarchie et la désolation étaient permanentes ; chaque bourgade, indépendante, jalonait et fomentait la ruine d'une autre bourgade. Ce n'étaient que batailles et razzias. Condés luttaient contre Condés ici ; Voubiha contre Condés là ; Mazitous contre Vouabiha ailleurs ; Arabes contre tous.

Aussi, en certains endroits, on ne marchait qu'au milieu de ruines et de décombres ; on foulait aux pieds et des os déjà blanchis par les années, et des cadavres frais encore.

Pour compléter cette scène horrible, des vases brisés, des ballots éventrés, des fers hideux, des fourches d'esclavage auxquelles adhéraient parfois un membre putréfié, un reste de squelette, jonchaient partout le sol.

Ce ne fut qu'à force de prudence, en opposant la ruse à la violence, la générosité à l'avarice, que les aventuriers purent échapper aux mille embûches dirigées contre eux, aux troupes de bandits et de pillards qui battaient sans cesse le pays.

Heureusement, leur qualité de blancs était une sauve-garde toute-puissante auprès des Arabes qui commandaient dans ces régions.

— Triste pays que cette Afrique ! murmurait Georges qui, moins rompu que le Gascon à cette vie de misère et de déception, sentait la colère le gagner ; et combien sont lâches et vils les hommes qui abusent de leur force, de leur éducation, de la supériorité de leurs armes pour commettre de telles iniquités.

— Distinguons! reprit imperturbablement le Gascon. Avant d'accuser les métis, les Arabes, voyons un peu quels sont ces peuples pour lesquels s'enflamme votre indignation. Si vil que soit l'Arabe, un semblant de religion l'élève encore au-dessus de la brute, et la brute, c'est le nègre voleur, lâche paresseux qui ne connaît rien que les jouissances grossières et toutes matérielles. « Oh! je sais bien ce que vous allez me dire; vous allez me citer un magnifique roman, une plainte émue qui nous vint d'audelà de l'Atlantique : *La Case de l'Oncle Tom.* Mais remarquez-le bien, les héros de ce roman sont presque tous nés dans l'esclavage : ce sont des mulâtres, des quarterones ; ils ont une éducation quelconque, ils savent penser; et quand l'homme a la juste notion du bien et du mal, il touche à sa régénération...

» Ici, rien !...

— Alors, fit Georges impatienté, vous êtes pour l'esclavage qui, ajouta-t-il avec un sourire ironique, a fait de pauvres nègres des héros de roman.

— Non, Dieu m'en garde ! mais, si j'étais appelé à guérir cette plaie hideuse, je n'hésiterais pas quant au remède...

— Et ce remède ?...

— De même que les médecins traitent le poison par le poison, je guérirai l'esclavage par l'esclavage.

— Mais comment? interrogea Georges qui tenta vainement de comprendre cette réponse qu'il prit pour un paradoxe.

— Je vous le dirai plus tard.

V

Vers le lac Nyassa. — Aspect de la contrée. — Potiers et for-
    gerons. — Où Cornec explique pourquoi les sauvages sont
    si peu vêtus. — Aux approches du lac. — Révolte des
    « Pagazis ». — Fermeté de Carpezac. — Tout s'arrange. —
    Un village. — Occupation du chef. — Comment Cornec, après
    avoir compromis la situation, par une apostrophe véhé-
    mente, la sauva par un trait de génie. — Orgie et sabbat. —
    Où Carpezac reprend sa théorie sur l'esclavage et ses consé-
    quences.

Ces conversations fréquentes et répétées qui trom-
paient les longues heures du voyage, étaient impuissantes à chasser de l'esprit de Georges les appréhen-
sions, les doutes terribles qui l'assiégaient. En effet,
il était impossible de le nier, on allait à l'aventure :
le document trouvé dans les ruines du fort portait
bien que Kerpewen et ses amis tenteraient l'impossible pour s'approcher des grands lacs ; mais, ces
lacs, les atteindraient-ils ?

Pour Carpezac, rien maintenant ne venait troubler
sa robuste confiance.

— Au Nyassa, *sandis* ! disait-il. Là nous aurons
des détails. La présence des blancs est un fait qui
ne saurait céler, car il est trop rare. Les Arabes nous
renseigneront, et, s'il le faut, nous pousserons jusqu'à « Livingstonia » (1).

— Et si nous n'apprenons rien, même à « Livingstonia ? »

(1) Station de missionnaires anglais établie au cap Mac Léar,
sur le Nyassa.

— Nous irons tout droit devant nous, *sandis!* dussions-nous marcher sans nous arrêter jusqu'aux rives de l'Atlantique.

Les voyageurs tournaient maintenant le dos à la Rovouma et descendaient au sud. A mesure qu'ils approchaient du lac, la contrée plus humide, fertilisée par de nombreux canaux, qui, pour ne devoir rien à la main de l'homme, n'en remplissaient pas moins leur mission bienfaisante, se paraient de toutes les merveilles de la végétation tropicale.

Les naturels aussi se montraient plus industrieux; à chaque pas les voyageurs apercevaient soit une forge où, sans enclume, sans autres marteaux que des petites masses de fer traversées par un lien d'osier remplaçant le manche, sans autre soufflet qu'une peau de bouc gonflée d'air et munie d'un tube en terre cuite bien vite vitrifiée par les flammes, les émules de Vulcain confectionnaient des fers de houes, de bêches, de lances, des couteaux, etc., soit une réunion de femmes modelant, en babillant, l'argile qui, sous leurs mains savantes, se transformait rapidement en vases, en cruches, en jarres de toutes les formes, de toutes les espèces.

Les cases étaient plus propres et plus spacieuses; à l'intérieur les décorations, les ustensils de ménage rangés en bon ordre, les espèces de lits de camp élevés au-dessus du sol et destinés au repos, prouvaient que ces peuples étaient en quelque sorte supérieurs à ceux du centre.

— Ils ont au moins une industrie, dit Georges, et quoique stationnaire depuis des milliers d'années peut-être, cette industrie prouve qu'ils sont susceptibles d'éducation.

— Et presque l'idée de la décence, riposta Car-

pezac; car quoique la nudité soit à peu près générale, les étoffes sont prisées et estimées très-haut
ici... Mais explique qui voudra cette chose bizarre :
l'habillement semble marcher en sens inverse de
l'abondance des étoffes.

— C'est qu'ils gardent leurs *frusques* pour le diman-
che, intervint Cornec.

— Naturellement ! dit Le Hir.

Soixante-quinze jours s'étaient écoulés depuis le
départ de la côte, le 7 janvier 187..., on était donc au
22 mars de la même année. Après avoir escaladé des
collines, plongé au fond de ravins ténébreux pour
émerger sur de nouvelles croupes, traversé des
marais et des rivières, serpenté au milieu de forêts
dévastées par les rhinocéros et les éléphants, les
aventuriers se trouvèrent, le 1er avril, en vue des
hautes montagnes qui semblent enserrer le Nyassa
de toutes parts, comme pour en défendre l'approche
aux étrangers.

Le cœur de Georges battait à tout rompre dans sa
poitrine.

— Encore quelques jours, murmura-t-il, et nos
doutes seront dissipés, et nous saurons si nous pouvons espérer de revoir nos amis, ou s'il ne nous reste
que la triste et stérile satisfaction de prier sur leurs
tombes. Oh ! que les heures vont me paraître longues !...

Carpezac, lui-même, était ému.

— Un dernier effort, *vivadiou* ! dit-il brusquement,
et nous y sommes.

A cette ordre, les « Pagazis » jetèrent leurs charges,
et, évidemment soutenus par les « Askaris », refusèrent de faire un pas de plus.

— Qu'est-ce ceci ?... une rébellion !... s'écria Carpezac d'une voix tonnante. Et pourquoi refusez-vous d'avancer?

— Mazitous ! répondirent les hommes en faisant allusion à ces peuplades cruelles qui, établies sur les côtes occidentales du Nyassa, entre ce lac et le Banngouéolo, sont la terreur des Africains.

Carpezac haussa les épaules.

— Vous êtes payés pour nous conduire jusqu'au Nyassa, dit-il.

— Mais pas plus loin, et nous y sommes, répondit un « Askari ».

Carpezac sentait la colère le gagner ; il tourmentait avec agitation la crosse de son revolver et se demandait s'il ne devait pas faire sauter la cervelle au misérable pour intimider les autres.

— Ecoutez, reprit-il d'une voix sourde, vous voulez partir, vous êtes libres. Mais, comme je ne vous laisserai pas emporter une aune de cotonnade, comme les armes que vous détenez m'appartiennent, vous vous trouverez sans marchandise pour payer le « mhonngo », sans un fusil pour vous défendre. La mort par la famine, ou l'esclavage, voilà quel sera le salaire de votre lâche défection... Maintenant partez, je vous souhaite le bon soir.

Les noirs virent bien à l'air du Gascon qu'il ne plaisantait pas.

— Au contraire, dit-il encore, si vous consentez à nous suivre, je vous donne ma parole que chaque jour qui vous éloignera du Nyassa verra votre solde se doubler... Décidez.

Et il s'en fut rejoindre Georges et les matelots, qui, le fusil à la main, se tenaient prêts à toute éventualité.

Les noirs se concertaient à voix basse ; la journée

s'écoula avant que ce débat orageux eut un terme.

Au matin suivant, ils revinrent d'eux-mêmes prendre leurs charges.

— A la bonne heure ! dit Carpezac.

— C'était un « poisson d'avril ! » s'écria Cornec en riant aux éclats.

On arriva bientôt près d'un petit village défendu par une solide estacade de bois de teck et percée de meurtrières étroites. Le chef de ce village était un petit vieillard grisonnant déjà et plus semblable à un singe qu'à un homme. A l'entrée des voyageurs, un solide gourdin à la main, il était en train d'administrer quelques reproches touchants à sa principale épouse, laquelle avait audacieusement abusé de sa confiance en lui *chippant* un magnifique collier de perles.

Il était temps que la scène se terminât. La « dame », assez jeune, assez jolie pour une négresse, ployait sous les coups. Son « pélélé » brisé et pendant allongeait affreusement sa lèvre ; tout son corps était couvert de sang.

— Eh quoi vieux ! y a de la brouille dans le ménage ! s'écria Cornec qui fit pirouetter le majestueux personnage comme une toupie d'Allemagne et l'envoya rouler, tout meurtri, de l'autre côté de la cas . . Allons, qu'on s'embrasse et que ça finisse !...

Le chef se releva en criant et bondit au-dehors. Quelques instants après une centaine de sauvages, horribles, tatoués des pieds à la tête, armés de lances et de fusils, entouraient la case.

— Tu as fait un beau coup ! dit Georges avec humeur. Avant dix minutes nous serons tous massacrés !...

— As pas peur ! fit le matelot.

Et, défaisant un magnifique foulard rouge qu'il portait au cou, il l'enroula comme un turban autour du crâne rasé de la « dame », et, la considérant un instant, l'embrassa sur les deux joues.

— Vrai, ça fait plaisir !... fit-il avec satisfaction.

A cet acte d'une bouffonnerie incroyable, les aventuriers ne purent retenir un immense éclat de rire qui se communiqua aux sauvages. Kanyiara, le chef, voyant que les présents continuaient à pleuvoir sur son infortunée compagne, car chacun voulait ajouter quelque chose au cadeau du maître, jeta son bâton et entra dans la case.

La paix était conclue. Un petit baril d'eau-de-vie que les officiers de Kanyiara apportèrent la cimenta encore, et Georges et Carpezac se virent forcés d'ajouter quelques bouteilles de rhum pour la rendre indissoluble.

Une heure après, tout le monde était ivre : chef, soldats, officiers, tout le monde se livrait aux douceurs d'une danse qui, à juste titre, eut pu passer pour un sabbat. Les trompettes, les tambours, les cornes hurlaient, tonnaient, beuglaient, et, au milieu de nuages de poussière, de robustes guerriers, de noires almées sautaient, pirouettaient, tourbillonnaient comme des êtres fantastiques.

Georges et Carpezac, riant aux éclats, furent forcés d'abandonner la place ; les parfums énergiques qui s'exhalaient de tous ces corps échauffés, oints de graisse et d'huile fétide leur prenaient à la gorge et les suffoquaient. Il fallait être matelot pour respirer dans une telle atmosphère.

Tant qu'à Kanyiara, toute la journée il fut invisible. Retiré dans une case, un pot de « pombé », pour oreiller un sac de maïs lourd comme une enclume en guise d'édredon sur la poitrine, il savourait en égoïste le rhum qu'il avait dérobé, n'alternant les bouffées de sa pipe que par les fréquentes accolades qu'il donnait à sa chère bouteille.

— Malheureuse race, disait Georges en secouant la tête. Dites-moi un peu ce qui en résulterait si un parti d'Arabes ou de Mazitous envahissait le village?

— Ils seraient tous tués ou emmenés en esclavage, parbleu! répondit le Gascon. Je ne les plaindrai pas, car ils n'ont de l'homme que le visage, et encore !... le reste appartient à la brute.

— Vous êtes sévère, ami.

— Je suis juste, *vivadiou*! Cependant j'ajouterai que la faute en est moins à ces pauvres diables qu'à leur éducation.

— Qu'entendez-vous par là ?

— Ce que j'entends ! je vous ai dernièrement parlé du seul remède possible contre l'esclavage, et je vous ai même dit que le fléau se guérirait par le fléau. Au fond, ce n'est pas tellement paradoxàl que ça en a l'air. Tous les états civilisés ont des esclaves.

— Quels esclaves ?...

— Les soldats, *sandis*! Les soldats que les gouvernements n'achètent pas, mais prennent ; distinction qui ne se fera pas ici. En effet, je suppose une compagnie formée pour l'exploitation des richesses naturelles de l'Afrique, le défrichement des forêts vierges, il lui faut naturellement des travailleurs ; mais, comme les travailleurs ne se louent pas ici, mais se vendent, elle en achète.

« Eh bien ! qui empêche que, au bout d'un certain temps, cinq ans par exemple, ces nègres ne soient rendus à la liberté? Habitués au travail, instruits par leurs maîtres, régénérés par la religion, ils resteront ce qu'on les aura faits. Leurs cases se grouperont autour des établissements et finiront par former des villes où la civilisation règnera sans partage, et les enfants de ces anciens esclaves, instruits, moralisés dès le berceau, ne conserveront plus que pour le haïr le souvenir de la tâche originelle qui pesait si lourdement sur le front de leurs pères... Je dois ajouter que, si j'ai développé cette idée, elle ne m'appartient pas entièrement.

— C'est un rêve bien audacieux; mais ce n'est qu'un rêve.

— Il se réalisera un jour, répondit le Gascon avec conviction.

VI

Réception d'apparat. — Escalade des montagnes. — Ravins, précipices, fondrières. — Première vue du lac. — Par qui il fut découvert. — Une cambuse! — Rencontre inespérée. — Habitation européenne en Afrique. — Anglais ou Français? — Carpezac tranche la question. — Présentation. — Master Williams Trustus et ses deux fils. — Comment et pourquoi ils s'étaient établis sur le Nyassa.

Le lendemain fut tout entier consacré a une réception d'apparat. Kanyiara vêtu d'une jupe d'herbe tissée, une pièce de cotonnade rouge et blanche, négligemment jetée sur ses épaules, un chapeau de liége sur sa tête laineuse, les pieds enfouis dans une paire de bottes à l'écuyère, reçut les voyageurs du haut du tertre ombragé qui lui servait de trône et écouta leurs humbles demandes.

Celles-ci tendaient uniquement à obtenir des volailles, des chèvres et des céréales.

Il paraît que la conversation desséchait passablement le gosier du chef, car, tant que dura la conférence, sa principale épouse lui versait à pleins gobelets le rhum des aventuriers.

Si copieuse que fût la rasade, Kanyiara l'avalait comme de l'eau claire sans se permettre une grimace, souriant même tendrement à son échanson.

— Une femme que j'ai payée dix vaches, dit-il aux aventuriers.

— Elle ne doit t'en être que plus chère, vieux! riposta Cornec quand l' « Askari », faisant les fonctions d'interprète, eut traduit ces paroles.

Enfin, chargés de vivres, emmenant un bœuf et deux vaches que Kanyiara, en sa qualité d' « âme des blancs » leur avait vendus le plus cher possible, les aventuriers purent prendre congé de cette majesté excentrique, et commencer l'escalade des collines et des montagnes, au centre desquelles dort le Nyassa.

Cette marche fut rude et périlleuse. Pas de route, mais de nombreux sentiers s'enchevêtrant, se croisant comme des fils embrouillés, dominant parfois l'abîme à des hauteurs qui donnaient le vertige.

Au fond de ces ravins que traversait un tronc branlant suspendu parfois par des lianes aux arbres voisins, la végétation était admirable de puissance et de beauté. Jamais un rayon de jour ne traversait les dômes verdoyants et frémissants que formaient les cimes de ces arbres inconnus, dans nos contrées tempérées. Parfois un phyton gigantesque déroulait nonchalamment ses anneaux sur les rochers et ouvrait en bâillant son énorme mâchoire; parfois

c'étaient des vipères, des serpents de la petite
espèce qui se glissaient parmi les broussailles et
froissaient les feuilles sèches; plus loin, les rugissements d'un lion troublaient les échos des monts ; une
harde de gracieuses antilopes fuyait sous les branches, tandis que les éléphants, les rhinocéros par-
couraient les jungles, brisant, dévastant tout sur leur
passage.

Puis, dans les cieux clairs et radieux planaient les
aigles, les vautours, toujours prêts à plouger avec la
rapidité d'un boulet sur la proie désirée. Les oiseaux
plus petits, plus timides, mais plus éclatants de
parure, se cachaient sous le feuillage, d'où leurs
notes, admirablement timbrées, leurs modulations
harmonieuses, tombaient comme une musique céleste.

Parvenu au sommet des monts, Cornec, qui grim-
pait le premier avec l'agilité d'un gabier consommé,
s'arrêta et souleva son chapeau.

— Hurrah ! cria-t-il, hurrah pour le Nyassa.

— Hurrah ! répétèrent ses compagnons.

Ils venaient d'apercevoir le lac.

Du haut des montagnes, leurs regards planaient
libres et sans entrave sur cette magnifique nappe
d'eau qui semblait emprunter sa couleur céleste aux
cieux qu'elle réfléchissait. On eut dit un immense
miroir dont les montagnes étaient le cadre.

Les monts, s'infléchissant en rampes nombreuses,
semblaient former au lac plusieurs rivages ; et, en
certains endroits, les masses de feuillage qui le bordaient se confondaient tellement avec lui qu'on ne
pouvait savoir où il finissait.

Des petites lames molles et poudrées de paillettes
d'or venaient, en clapotant, se briser contre les

rochers, au pied des caps élevés, ou mourir, après une plainte prolongée, au fond des golfes, des baies aux grands horizons bleuâtres.

Georges et Carpezac joignaient les mains avec admiration : ils se sentaient petits, chétifs, nuls devant cet aspect grandiose qui marquent comme d'un sceau indélébile les œuvres sublimes du Créateur.

Cependant, secouant peu à peu cette émotion, qui les « empoignait », ils parvinrent à détourner la tête.

— Spectacle sublime en vérité, dit le Gascon. Il n'y a que l'Afrique pour offrir de telles merveilles. L'Asie est magnifique aussi, j'en conviens; mais dans ses palais, dans ses mosquées, ses minarets qui semblent si bien faits pour son paysage enchanteur, la main de l'homme se voit : ici, tout appartient à Dieu.

— Vous parlez comme un curé ou un maître d'école, interrompit Cornec. C'est presqu'aussi beau que la mer, un jour de calme, s'entend; car toutes vos merveilles ne valent pas l'Océan en fureur.

— Et si je te disais que ce lac a aussi ses tempêtes, ses bourrasques furieuses, soudaines, aussi redoutables que celles de l'Océan...

— Allons donc ! fit Le Hir en haussant les épaules. Votre lac, sauf votre respect, n'est ni plus ni moins qu'une cuve... Un enfant ne saurait s'y noyer...

— Je ne vous ferai pas l'injure de vous raconter la découverte de ce lac, de vous parler du célèbre explorateur qui le premier osa contempler ses flots bleus, dit Carpezac à Georges. Vous savez tout cela, mieux peut-être, à coup sûr aussi bien que moi.

— Mais nous, nous sommes aussi ignorants que des carpes, interrompit Cornec.

— C'est juste. Le lac Nyassa des Maravis fut découvert par Livingtone, le 16 septembre 1859 (1). Ce lac est presque aussi grand que le Taugayika, mais plus large et paraît renfermer un nombre plus considérable d'îles. Ce fut en remontant la Shiré, affluent du Zambèze, que Livingstone parvint au lac.

— Un drôle de nom, *dix... vingt... tonner* !... interrompit Le Hir.

— Pas plus drôle qu'un autre, ami Le Hir. L'homme dont je te parle est aujourd'hui légendaire en Afrique. Ses conquêtes toutes pacifiques, toutes de persuasion lui ont valu le respect et l'admiration de tous. Et, en attendant que la postérité lui rende un jour la justice qui lui est due, l'Angleterre lui a accordé la distinction la plus flatteuse : un tombeau à Westminster.

— Il est donc mort ?

— Dieu seul est immortel, ami. Après avoir fourni la plus belle carrière que le voyageur puisse envier, après avoir parcouru l'Afrique dans tous ses sens, fait à lui seul plus de découvertes que vingt autres ensemble, il a succombé à Tchitambo, au sud du lac Banngouéolo, le 1er mai 1873. Ses premières explorations dataient de 1840.

— Le docteur a revu plusieurs fois ce lac ? reprit Georges.

— Les souffrances des malheureux riverains, livrés sans défense aux marchands de chair humaine, enflammaient d'indignation son cœur généreux, et sa présence n'a pas toujours été inutile pour ces

(1) D'après les notes de D. Livingstone, il paraîtrait qu'un voyageur allemand atteignit le Nyassa le 19 novembre 1859. —*Voyez le Zambèze et ses affluents*, librairie Hachette.

panvres diables (1). Mais il est temps de partir.

Ils jetèrent encore un regard sur le magnifique décor qui s'accusait nettement à leurs yeux baigné d'une lumière éblouissante. Après avoir joui de l'ensemble, ils examinaient les détails, ces caps habillés de lianes et couronnés de forêts verdoyantes, ces îles qui semblaient des jardins délicieux, ces sombres cavernes que le flot battait en brèche, ces rochers aux formes bizarres et capricieuses, ces maisonnettes des indigènes aux murs de boue, aux toits d'or...

Tout à coup Le Hir poussa un cri.

— Là, dit-il, une « cambuse! »

Tous les regards se dirigèrent vers le point qu'indiquait la main du matelot. Quelle ne fut pas la surprise des aventuriers en apercevant là l'immense enceinte d'un établissement européen! Les maisons en pierre, la disposition des cours et des jardins, les champs cultivés, enfin le bétail qu'on voyait un peu partout ne laissaient de place à aucun doute.

Ce ne pouvaient être des Arabes qui rarement s'installent d'une manière stable et définitive, préférant adopter les usages et la manière de vivre des indigènes.

— Anglais ou Français? demanda Georges.

— Anglais, j'en jurerais! répondit Carpezac. D'ailleurs, en nous hâtant un peu, nous ne tarderons pas à le savoir. En route, les enfants!

_____

(1) Pour se faire une idée de l'importance qu'ont eu les découvertes de Livingstone, il faut lire les trois livres de ce célèbre voyageur : Explorations dans l'intérieur de l'Afrique Australe, Explorations du Zambèze et de ses affluents, etc.; enfin, le *dernier journal*.

Les noirs reprirent leurs fardeaux et la caravane dégringola vivement cette chaîne de collines qu'elle avait eu tant de peine à gravir.

Quelques heures après, au moment ou la nuit tombait, la caravane forçait presque les portes de l'établissement et pénétrait comme une avalanche, malgré les hurlements des dogues, les cris des noirs serviteurs, dans la cour principale.

A ce fracas épouvantable, une porte s'ouvrit et trois hommes, le visage complètement brûlé par le soleil, mais ayant la mine et la démarche d'Européens, parurent sous la véranda.

Ils tenaient des revolvers à la main ; d'énormes dogues les suivaient.

— Que signifie tout ce tapage ?... La maison est-elle attaquée ? fit le plus âgé avec cet accent lent et calme qui a caractérisé, caractérise et caractérisera toujours les fils de la libre Angleterre.

— France ! répondit Cornec.

Le premier mouvement du Gascon fut de sauter au cou de celui qui révélait ainsi sa nationalité. Mais il s'arrêta à temps ; il comprit que cet homme était un Anglais, et ce fut à pas comptés, calme en apparence, mais le cœur étrangement ému, qu'il s'avança la main de Georges dans la sienne.

Tous deux connaissaient l'anglais. Tant qu'aux matelots, ils s'avaient dire pain, vin, tabac, eau-de-vie, dans toutes les langues qui se parlent et même dans celles qui ne se parlent pas : c'était suffisant.

La présentation eut lieu dans toutes ses règles avec un tact, une politesse qui, eu égard à la circonstance, à la latitude sous laquelle on se trouvait, eussent pu paraître bien risibles à tout autre qu'à

John Bull; — mais *John Bull* ne rit jamais des formes.

Les aventuriers apprirent alors que leur hôte se nommait Williams Trustus, que les deux gaillards qui l'accompagnaient étaient ses fils, Edouard et Harry, et que tous trois s'étaient faits planteurs, défricheurs, traitants dans ces régions perdues.

Leur « histoire » était toute simple. M. Trustus était riche jadis ; des spéculations insensées le ruinèrent. Un seul lien le rattachait à l'Angleterre : sa femme, et la mort avait brisé ce lien... Ce fut alors qu'il songea à s'expatrier, à demander à de nouveaux climats la fortune qu'il avait perdue ; l'Amérique était usée, l'Australie lui paraissait trop éloignée : restait l'Afrique ; mais quelle partie choisir ?

Justement, à cette époque, l'Angleterre, se rendant aux vœux exprimés par Livingstone, et regrettant l'abandon de la mission fondée jadis sur la Shiré, venait d'établir au cap Mac Léar, sur le Nyassa, une colonie mi-partie apostolique, mi-partie mercantile.

On lui donna le nom du célèbre « découvreur » « Livingstonia... »

— Allons-nous établir sur le Nyassa! avait dit l'Anglais à ses fils.

Et ils étaient partis. Fondé depuis un an à peine, leur établissement était en pleine voie de prospérité. Les noirs qui les servaient, les travailleurs qui défrichaient leurs champs, qui portaient leurs produits à la côte étaient des malheureux rachetés de l'esclavage par les soins des missionnaires anglais. Bien armés, bien approvisionnés, ils étaient en état de communiquer avec la mission du cap Mac Léar, de résister à toute tentative malveillante ; leur fortune s'accroissait chaque jour, et, avant que de longues années se soient écoulées, ils avaient l'espérance de revoir leur patrie.

C'était bien là l'esprit audacieux et hardi des Anglais, qui n'épouvantent ni les périls ni les difficultés, une fois qu'ils se sont logé un projet quelconque dans la cervelle.

VII

Festin de Gargantua. — Où Carpezac raconte ses aventures. — Moment d'anxiété. — Où Edouard Trustus parle de blancs entrevus aux abords du lac Banngouéolo. — Eux ! — *Toast* sur *toast*. — Un lit et des draps ! — L'établissement et le lac. — Traitants arabes et esclaves. — Adieux à la maison hospitalière. — A l'ouest du Nyassa. — Encore des montagnes. — Ruines et dévastations. — Villages bien fortifiés. — Indigènes.

Tous ces détails, comme on le pense, ne furent pas donnés dans la cour, mais bien dans le salon, un vrai *salon* orné de meubles européens, décoré de lustres, de tableaux, de panoplies d'armes indigènes, en face d'une table servie avec tout le « comfort » britannique, en vidant des flacons de véritable champagne.

Nos amis croyaient rêver.

Aucune question ne leur fût adressée ; on ne leur demanda pas d'où ils venaient, où ils allaient. Carpezac comprenait cette réserve ; mais il lui importait d'avoir des renseignements et ce n'était pas en se taisant qu'il les obtiendraient.

Réclamant donc un moment de silence, il raconta à ses hôtes cette merveilleuse odyssée qui avait

3

commencé sur les rives de l'Atlantique pour se terminer, après une foule d'aventures, de péripéties, sur
le bas Zambèze à quelques lieues de Télé; il parla de
ses projets, de ses espérances, et termina en priant
William Trustus de lui dire s'il n'avait rien appris
touchant ses amis.

— Car, dit-il, tout porte à croire que — après
avoir fait sauter le vieux fort du Zambèze — ils se
sont dirigés sur le Nyassa, et Kerpewen et Horace
du Bellay, sont des gaillards trop résolus pour ne pas
avoir un peu fait parler d'eux.

L'Anglais demeura un moment pensif.

— Je suppose, fit-il après un instant, que ces
gentlemen étaient accompagnés ?

— Il leur restait une cinquantaine d'hommes,
peut-être moins, peut-être plus.

— Edouard, dites à ce *gentleman* ce que vous
savez.

— C'est bien court, répondit le jeune homme.
M'étant dernièrement rendu au Banngouéolo, j'appris
qu'il venait d'être le théâtre d'une lutte terrible entre
les Arabes et une caravane d'Européens. Complètement dépouillés depuis longtemps, ces derniers
n'avaient pu acquitter le « mhonngo » ou droit de
passage. C'est ce qui avait amené le conflit. Les
Arabes, liés par leurs intérêts, s'étaient vus forcés de
se joindre aux indigènes; mais cette lâche coopé-
ration leur coûta cher; car les blancs s'emparèrent
d'une des «Daous» qu'ils venaient de faire construire
à grands frais et s'échappèrent avec.

— Parbleu ! s'écria le Gascon enthousiasmé, il est
inutile de les chercher ailleurs ! je reconnais Kerpewen à ce coup de main hardi. Au lac Banngouéolo,
sandis ! c'est là que nous les retrouverons...

— Vous avez raison, ajouta Georges. Non, le doute n'est plus permis ; ils sont là !...

— A votre réussite alors, dit galamment l'amphytrion.

Le *toast* fut accepté. Le champagne moussa et déborda des coupes de cristal, et des souhaits enthousiastes acclamèrent la prochaine réussite des aventuriers. Ceux-ci ne purent se dispenser de répondre par quelques paroles aimables, qui amenèrent naturellement de nouveaux *toasts;* bref, comme disait Cornec, on était un peu « ému » en sortant de table.

Une heure après, les aventuriers, couchés dans des lits bien blancs, luxe qu'ils avaient presque oublié, s'endormaient, bercés par les plus doux songes.

Le lendemain ils visitèrent l'établissement, achetèrent aux Anglais, aussi bons commerçants qu'hôtes aimables, ce qui manquait à leurs approvisionnements, et, le troisième jour, se décidèrent, non sans quelques regrets, à reprendre leur éternel voyage.

Un petit lougre, construit par Trustus père et fils et chargé à couler bas, les attendait pour traverser le lac. Les hommes s'embarquèrent les premiers, puis les aventuriers.

— Méfiez-vous des Arabes, leur dit Edouard; ils ont juré de se venger de l'échec que leur ont infligé les Européens.

— Soyez tranquilles! répondit Carpezac ; on veillera.

Comme dernière attention; William Trustus leur prêta deux noirs, nommés Sam et Joë, qui devaient les conduire au Banngouéolo.

On se serra une dernière fois la main, on jura de se revoir au retour, et...

Quelques minutes après, la brise gonflait les deux
voiles du longre, et les aventuriers, jetant un dernier
regard sur cette maison hospitalière, se sentirent de
nouveau emportés vers le mystérieux inconnu.

— Adieu à la vie civilisée ! murmura Georges, adieu
à cette demeure hospitalière qui a été pour nous ce
qu'est l'oasis pour le voyageur fatigué par les sables
brûlants du désert... Qui sait si cette halte délicieuse
n'est pas la dernière de notre voyage ?... Qui sait si
nous reverrons jamais ces braves gens ?...

— Trève de sensibilité ! dit Carpezac, chez qui,
depuis qu'il se croyait assuré de revoir ses amis, le
naturel Gascon avait reprit le dessus. Oubliez-vous
que l'Afrique me connaît, que c'est une vieille amie,
que j'ai vue sous toutes ses formes, sous tous ses
aspects ?... Tenez... jetez les yeux autour de vous et
vous sentirez toutes vos angoisses, toutes vos inquié-
tudes se fondre en un seul sentiment : l'admiration...

Carpezac parlait d'or. Jamais scène ne fut plus
digne d'attirer les regards enthousiastes que celle
que le Créateur déroulait si complaisamment à leur
yeux. Le lac s'offrait partout calme, uniforme, à
peine ridé par une brise légère qui soulevait des
petites vagues, étincelant chaque fois qu'un rayon
les frappait ; d'un bleu céleste partout où il s'étalait
librement, sa couleur devenait plus foncée dans les
chenaux des îles, au pied des caps et des rochers ;
les buissons de papyrus et de bambous auxquels se
mariaient les larges nénuphars, les fleurs les plus
éclatantes, les taillis d'un vert tendre ou d'un rouge
foncé, les forêts couvrant les pentes des montagnes
étaient un cadre digne d'un tel sujet.

Par-ci, par-là, quelques pirogues glissant de toute
la vitesse de leurs pagaies, poursuivies par d'horri-

bles hippopotames, les rois des lacs et des rivières
de l'Afrique, ou par des crocodiles ouvrant une
gueule démesurée au loin des « daous » arabes chargées de malheureux, meurtris, enchaînés, étaient les
objets saillants sur lesquels s'arrêtaient les yeux des
explorateurs.

Après une traversée heureuse et agréable — le
lac, parfois si terrible, si tumultueux, s'était fait
calme et souriant comme s'il eût compris qu'il avait
l'honneur de porter des blancs — les aventuriers
débarquèrent sur l'autre rive.

Ce voyage leur avait pris deux jours, obligés qu'ils
avaient été, la veille au soir, de camper dans une île;
car les noirs, pas plus que les Arabes, ne voyagent
jamais la nuit.

Là, la caravane se reforma et prit la route du nord-
ouest à travers les immenses territoires occupés par
les Mazitous ou Vouatouta.

Seulement, cette fois, nos amis n'allaient plus à
l'aventure; ils suivaient une route certaine. Grâce
aux indications d'Edouard Trustus, ils étaient sûrs
de rejoindre leurs amis au lac Banngouéolo ou de
suivre facilement leur trace.

Sam et Joë, prirent la tête de la caravane, prêts à
guider les aventuriers dans cette route qu'ils connaissaient à merveille.

— En route ! encore une fois, en route ! dit Géorges
avec émotion; cette fois, j'en suis sûr, notre espoir
ne sera pas trompé.

— Peut-il en être autrement, répondit Cornéc en
haussant les épaules, geste qui fut aussitôt imité par
Le Hir, le sosie du maître d'équipage.

Après quelques heures de marche dans un terrain
bas et humide, la caravane commença l'escalade de

ces monts qui enserrent de toutes parts le Nyassa, comme les parois d'une cuve gigantesque, et semblent toucher le ciel de leurs cimes dorées par le soleil. Arrivés sur les premiers contreforts, les aventuriers se détournèrent et embrassèrent d'un dernier regard cette magnifique région qu'il leur fallait abandonner...

Des villages entiers fumaient et flambaient à l'horizon ; parfois des décharges de mousqueteries, des roulements de tambours s'entendaient distinctement quoiqu'affaiblis par la distance : c'étaient les bandes des traitants arabes qui chassaient l'homme, entassant ruine sur ruine, dévastation sur dévastation.

— Quel compte terrible ces bandits auront à rendre un jour ! murmura Georges.

— En effet, répondit Cornec, je ne voudrais pour rien au monde me trouver dans leur peau et me présenter devant le Père Eternel avec un livre de loch aussi chargé que le leur. Mais ce n'est pas tout ; il s'agit de se déhaler d'ici sans rien laisser de sa vieille carcasse à « messieurs » les sauvages.

Le matelot avait raison. Les monts franchis, on entrait sur le territoire des Mazitous ou Vouatouta, hordes pillardes, errantes, et mille fois plus cruelles que les Arabes. Ne connaissant ni alliés ni amis, ne relevant que de leur lances ou de leurs fusils ; ces écumeurs du désert ne marchaient que les pieds dans une mare de sang, aux lueurs des incendies qu'ils allumaient.

— De sorte, disait Carpezac, que, Mazitous d'un côté, Arabes de l'autre, le pays est une véritable ruine.

— Si au moins, ajoutait Le Hir, ces démons pouvaient se prendre de querelle et s'exterminer mutuellement ?...

— As pas peur, mon fils! répondait Cornec; les loups ne se dévorent pas entre eux...

Les jours suivants on descendit les pentes des montagnes et l'expédition se trouva dans un pays bien boisé, cultivé avec soin et arrosé de nombreux « noullahs », dont quelques-uns pouvaient porter pirogue. Les villages avaient tous un aspect formidable, protégés qu'ils étaient par deux ou trois rangs d'estacades, de buissons épineux ou d'arbustes aux feuilles longues et effilées comme des baïonnettes. On ne parlait que de vols, d'attaques à main armée, et, dans la prévision de nouveaux conflits, vieillards, hommes, jeunes gens s'exerçaient au tir de l'arc et du fusil.

— Voilà qui fait vraiment plaisir, dit Cornec. Au moins ceux-ci ne sont pas des lâches ; ils songent à se défendre.

Mais toute médaille montre son revers, et le résultat de ces affectations belliqueuses fut que nos amis se virent repoussés de toutes parts ; la défiance des indigènes était sans cesse tenue en éveil : dans chaque étranger, ils soupçonnaient un ennemi.

— Pourquoi ne nous demandent-ils pas nos passeports? s'écria Cornec dans son indignation.

— Nous ne pouvons leur en vouloir, répondit Georges doucement; et, à leur place, peut-être agirions-nous de même.

— En attendant, riposta Cornec, il nous faut coucher dans la jungle ou dans les marais avec six pieds de vase ou un fagot d'épine pour lit; suer de fièvre et de fatigue sans que personne vous dise : « Dieu

vous bénisse ! » Ah ! ils comprennent joliment bien
l'hospitalité par ici.

— Naturellement ! fit Le Hir.

Cela était malheureusement trop vrai, mais que
faire ? Les bandes armées parcourant sans cesse le
pays en avaient presque complètement chassé les
fauves... et le gibier aussi. Par compensation, les
singes et les oiseaux de toutes les espèces abondaient : c'était par milliers qu'on les comptait.

Les indigènes, comme les riverains de la Rovouma,
abusaient plus qu'ils n'usaient du tatouage. Chaque
tribu avait ses marques particulières, espèces d'ar-
moiries que reconnaissaient facilement les savants
versés dans l'art héraldique. Très-peu vêtus, ils sup-
pléaient au manque d'étoffe par des bandes d'écorce
tannée et assouplie, des peaux de chèvres et quelquefois de fauves. Leur passion pour les ornements
de fer, de cuivre ou de perles, était sans limite ;
comme les Vouagogo, beaucoup s'entaillaient le lobe
de l'oreille pour y fourrer tout ce qui ne pouvait
tenir dans leurs poches... absentes ; d'autres avaient
adopté le « pélélé » des Maganyas.

Leurs armes étaient le casse-tête ou massue d'é-
bène, le couteau, la lance et les flèches ; très-peu
possédaient des fusils.

Leurs demeures étaient assez propres, mais se
ressentaient de l'affreuse misère dans laquelle ils
vivaient perpétuellement. Récoltes comme bestiaux,
tout était bon au Vouatouta. Les malheureux sauvages en étaient réduits à ne plus semer que de
l' « éleusine », affreuse céréale plus dégradante que
nourrissante, à vivre de bananes et de manioc sauvage.

VIII

La plaine des morts. — Séjour aride. — Où l'on ressent les premières atteintes de la soif. — De mal en pis. — « Maître, à boire ». — Révolte. — Noullah desséché. — Plus une seule goutte d'eau. — Où Carpezac et Georges rêvent de lacs et de maisons de campagne. — L'orage. — Cri de Cornec. — Le salut !

Quinze jours s'étaient écoulés depuis que l'expédition avait quitté les bords du Nyassa.

Aux scèneries enchanteresses que présentaient les abords du lac, aux montagnes opulentes de fleurs et de verdure ; aux plaines humides et ombreuses, succédait une steppe immense, un désert dans toute son horrible nudité.

Plus d'arbres, plus de fleurs, de grands horizons vagues et bleuâtres ! à peine si, par-ci, par-là se montraient des amas de broussailles, les cimes brûlées de quelques baobabs, acacias rabougris, le lit d'un « noullah » desséché, où dormait une eau fangeuse et croupissante, les tours rondes et élevées des maisons de termites, contrastant par leur aspect verdoyant avec l'aridité générale.

Pourtant ce site n'avait pas toujours été ainsi : des traces d'immenses forêts, détruites par l'incendie, se rencontraient presqu'à chaque pas, et sous les cendres refroidies poussaient de nouveaux rejetons. Là, il y avait eu des cases, des ruisseaux, des champs fertiles comme le prouvaient les sillons s'accusant encore sur le sol.

Quelle était donc la cause de cette désolation subite ?

La guerre...

Le sentier que nos explorateurs suivaient péniblement était encore bordé d'arbustes aux raquettes épineuses, aux feuilles dentelées comme des lames de scies, ou tranchantes et aiguës comme des coutelas. Mais ce qui achevait de donner un aspect sinistre à ce désert, c'étaient les crânes, les ossements blanchis sur lesquels le pied se posait avec effroi, c'étaient les fourches, les liens, les chaînes jetées partout à profusion.

Cette voie était celle que suivaient les traitants ; ces ossements étaient les restes des malheureux violemment arrachés à leurs villages, à leurs affections et traînés vers la côte par les infâmes négriers. Beaucoup sans doute avaient succombé à la fatigue, à la douleur ; mais qui pouvait dire le nombre de ceux dont le seul crime était d'avoir tenté une fuite, une résistance impossible et qui étaient tombés sous les coups de leurs bourreaux !...

Des fauves, des oiseaux de proie s'étaient abattus sur ce lieu sinistre comme sur une terre de promission. On les voyait fouiller le sol de leurs muffles, de leurs becs altérés de sang, broyer avec bruit ces restes de squelettes sous leurs dents puissantes.

— Satané pays ! murmura Cornec en épongeant avec sa manche la sueur qui lui découlait du front ; car cinquante degrés de chaleur tombant perpendiculairement échauffaient le sol comme les briques d'un four. La mort sous toutes ses formes, sous tous ses aspects, voilà ce qu'on rencontre à chaque pas... pas mèche de voir autre chose... Positivement, c'est une vraie jubilation ; mais c'est égal, je donnerais beaucoup pour être ailleurs.

— Et moi, *idem !* dit un matelot.

— Naturellement ! ajouta Le Hir.

La caravane avançait péniblement, écrasée par la chaleur et la fatigue. La soif, aussi, se faisait cruellement sentir et les gourdes étaient sans cesse mises à contribution. Mais cette eau tiède et nauséabonde était loin de rafraîchir ; au contraire, elle ne faisait qu'irriter le feu intérieur qui brûlait toutes les poitrines : plus on buvait, plus on voulait boire.

— Allons, un peu de courage ! dit Carpezac, le désert n'est pas éternel ; déjà on aperçoit quelque trace de végétation qui, pour n'être pas bien belle, n'en annonce pas moins des forêts prochaines. Un coup de collier, *vivadiou* ! et du cœur au ventre.

Et la marche fut continuée avec une nouvelle ardeur. Les matelots, malgré la chaleur accablante, chantaient à s'époumonner : « En avant Fanfan la Tulipe ! » Les nègres, quoique protégés contre les ardeurs du soleil par l'épaisse couche de graisse qui leur lustrait le corps, suivaient avec peine, geignant et murmurant à chaque pas.

Après une marche de trois heures, il fallut s'arrêter à l'ombre d'un « cairn » (1) ; les tentes furent vivement déployées, et chacun, jetant son fardeau ou ses armes à terre, courut demander à ces abris protecteurs un peu de calme et de fraîcheur.

Tous avaient faim ; mais personne ne se souciait d'aller au loin ramasser des broussailles pour le feu.

(1) Amas de pierre qui souvent indique une sépulture. Les « cairns » se rencontrent fréquemment dans les régions polaires ; ils sont alors élevés par les explorateurs et baleiniers et cachent ou des documents ou des amas de vivres.

Les Européens défoncèrent quelques boîtes de conserve dont ils s'étaient approvisionnés chez Williams Trustus ; les noirs se contentèrent d'un peu de farine délayée dans de l'eau.

Une heure après tout le monde ronflait les poings fermés, même les sentinelles, ce qui fit que la journée entière se trouva perdue.

Quand on reprit l'étape, le lendemain, les gourdes et les outres étaient complètement sèches.

— Bah ! dit Carpezac, nous finirons bien par trouver la fin de ce désert... Nous n'avons plus d'eau, excellente raison pour nous hâter : on ne marche jamais mieux qu'en vue d'un but quelconque.

Mais le Gascon avait compté sans le soleil, ce soleil d'Afrique qui brûle, qui dessèche, qui énerve les plus vaillants. La sueur et la graisse découlaient en larges gouttes du corps nu des noirs ; les Européens, plus couverts, n'en sentaient pas moins les cuisantes morsures de la chaleur, et une heure ne s'était pas écoulée que chacun battait la campagne et s'arrêtait portant la main à sa gorge en feu.

— Maître !... maître !... donnez-nous à boire ! imploraient les malheureux « Pagazis ».

— Pas un *caboulot* dans ce pays ! disait Cornec à son ami Le Hir ; vraiment, c'est jouer de malheur...

— Allez aux diable ! s'écria Carpezac avec brusquerie, car lui-même se sentait attaqué de cette maladie terrible : la soif ; puisque vous voulez boire, buvez du rhum...

Ces mots étaient à peine dits qu'il s'en repentit. Matelots, « Askaris », « Pagazis », se ruèrent sur les ballots, les défoncèrent et s'emparèrent des précieuses bouteilles qu'ils approchèrent avidement de leurs lèvres.

— Insensés! s'écria Georges, c'est la mort que vous buvez! A moi, les matelots! continua-t-il; si vous tenez à vos jours, obéissez...

L'autorité du jeune lieutenant était telle que les hommes obéirent presque sans savoir ce qu'ils faisaient. Tous, Carpezac et Georges en tête, se ruèrent sur les noirs, et, après une courte lutte, leur arrachèrent les bouteilles qu'ils brisèrent.

Le sable, altéré lui aussi, en eut bien vite pompé le contenu.

Des murmures, des cris éclatèrent, les armes brillèrent : un combat horrible allait s'engager entre ces fous furieux et les Européens.

— A mort! à mort! les blancs! criaient les uns.

— Ils ne nous ont amenés ici que pour nous faire périr! vociféraient les autres.

Et tous répétaient.

— A mort! à mort!!!...

Et ils se ruèrent sur les Européens; mais les armes ne tenaient pas dans leurs mains tremblantes de fièvre et leurs coups s'égaraient dans le vide. Avec cet esprit de corps, tout puissant chez les marins, Cornec et ses compagnons se groupèrent autour de leurs chefs, prêts à leur faire un rempart de leurs corps.

Quelques minutes après, les principaux mutins étaient saisis et garrottés.

— Bas les armes! cria Carpezac aux autres; bas les armes ou je vous fais fusiller comme des chiens.

Les nègres obéirent aussitôt et jetèrent leurs armes; puis, passant de l'extrême fureur au désespoir, à l'abattement, ils se traînèrent au pied des blancs, les conjurant d'avoir pitié d'eux.

— A boire !... disaient-ils les mains jointes ; donnez-nous de l'eau !...

Georges détourna la tête pour ne pas montrer ses larmes.

— Et penser que je ne peux rien !... dit-il avec rage. Oh ! Dieu ne peut pas nous abandonner ainsi?... Courage, amis... fouillons ici, et peut-être trouverons-nous de l'eau.

En parlant ainsi, il désignait de la main l'ancien lit d'un « noullah » que bordaient quelques euphorbes, quelques tamarins flétris et desséchés par le soleil. Les hommes comprirent et attaquèrent aussitôt le sol ; mais inutilement : l'eau, s'il y en avait, s'épanchait à travers le sable.

Ce fut le coup de grâce. Tout ce que purent faire les hommes fut de se traîner sous l'ombrage des tristes euphorbes, les noirs mornes, apathiques, les blancs en conjurant le Seigneur de mettre un terme à leurs souffrances.

Seuls, Cornec et Le Hir semblaient insensibles à tout.

Le temps se passait. Quelques vautours décrivaient dans le ciel des courbes de plus en plus rapprochées, et leurs appels sinistres devaient bientôt annoncer aux fauves qu'une curée certaine et abondante les attendait.

— C'est fini, vieux, dit Carpezac à l'oreille de Georges ; nous allons nous embarquer, là... tu sais, sur la mer sans fin... la mer de l'Eternité... Ce n'est pas que je regrette la vie... elle n'est pas assez belle pour ça... Mais, vois-tu, c'est une idée... j'aurais voulu serrer la main des autres... leur dire que nous allons leur préparer la place...

— Naturellement ! répondit le jeune lieutenant ;

d'autant plus naturellement que, s'ils sont morts...
c'est moi qui serais le capitaine du yacht... Et puis...
l'argent qu'il nous reste... nous en hériterons...

— Et nous achèterons une maison avec un lac, un
grand lac tout au tour ; et nous nous baignerons...
nous boirons toute la journée... C'est si bon, l'eau !...

— Oui, s'écria Georges dont le regard s'enflam-
mait de convoitise, de l'eau !... de l'eau ! de l'eau !...
toujours de l'eau !... Seulement, il ne faudra pas trop
boire, de peur d'épuiser le lac...

— Sois tranquille... nous ne boirons que les
rivières...

Et, le rire idiot de l'ivresse aux lèvres, il se ren-
versa en arrière en répétant :

— De l'eau !... de l'eau !...

A ce mot, tous les corps inertes qui jonchaient le
sol se redressèrent comme galvanisés, et le cri :
— « De l'eau ! » — fut répété par cent bouches
altérées.

Puis le silence se fit de nouveau...

Les vautours et les corbeaux se rapprochaient.
Déjà leurs longues ailes frôlaient les visages de tous
ces cadavres vivants ; la voix redoutable des lions
se faisait entendre au loin.

— Mille millions de milliasses ! s'écria Cornec ;
faut-il que le bon Dieu nous abandonne ainsi !...
Vois, matelot, ce que la soif a fait de ces hommes
si vaillants, si énergiques... As-tu entendu les paroles
qu'ils rougiraient seulement de penser et que le
délire leur fait hurler à plein gosier ?... Eh bien !
tout à l'heure ce sera notre tour !...

— Naturellement ! Eh bien, tant mieux ! car s'il
me fallait survivre, moi si indigne, à tous ces

braves cœurs, je crois que je me fusillerais de mes propres mains...

— Oh! tu n'attendras pas longtemps! fit Cornec avec un accent, un sourire qui prouvaient que le délire le gagnait aussi.

« Hein! se reprit-il; qu'est-ce ceci?...

— Le salut! s'écria Le Hir.

Le ciel s'était soudainement obscurci, et un éclair, rouge, sinistre, le traversa de l'est à l'ouest, avec la rapidité fugitive et l'éclat d'un météore.

C'était le précurseur d'un de ces ouragans terribles qui éclatent avec tant de violence et de sourdaineté dans les régions tropicales.

— Debout! cria Cornec, debout! voilà le salut.

Mais personne ne répondit.

IX

L'ouragan. — Plus d'eau qu'il n'en faut. — En marche. — La forêt. — Si l'on pouvait tout prévoir. — Sombre séjour. — La grotte des rochers. — Où l'on prépare un souper qui ne sera mangé par personne. — Alerte! — Dans un enfoncement de rochers. — Les nouveaux arrivants. — Où les Voualouta trouvent la place bonne et la gardent. — Cri imprudent. — Découverte!

Cependant, en moins de temps qu'il ne faut pour l'écrire, l'ouragan avait redoublé de rage et d'intensité; les éclairs, plus livides, plus nombreux, se suivaient à la file et la détonation de la foudre arrivait juste à point comme des décharges électriques. Le ciel tout à l'heure d'un bleu si radieux, était sombre comme un voile funèbre; puis les éclairs le déchi-

rant, il prit l'aspect d'une immense nappe de pourpre
où l'imagination voyait les flammes se tordre et se
déployer. Un vent violent rasait la surface de la
plaine, tordant, brisant, déracinant les misérables
buissons, et la pluie, cette pluie si inattendue, se
mit à tomber comme... « comme si on la donnait pour
rien », disait Le Hir.

Debout ! répétait le maître d'équipage.

Cette fois personne ne fut sourd à sa voix... Les
douches glacées qui tombaient sur tous ces corps
brûlés par le soleil, desséchés par la fièvre de la soif,
eussent réveillé un mort. Blancs et noirs s'agitaient,
se tordaient comme des carpes subitement replongées
dans leur élément ; chacun ouvrait et la bouche et
les mains pour ne pas perdre une seule goutte de
l'abondante distribution que versait le ciel.

L'eau tombait en crépitant, s'amassait en larges
nappes ou ravinait profondément le sol ; là, où quelques instants auparavant tout était sécheresse et
aridité, des lacs, des rivières grondaient, bouillonnaient.

— Et tant plus que le sol en buvait, tant plus qu'il
en tombait ! disait Cornec plus tard ; ça faisait compensation.

La soif apaisée, on réfléchit qu'on avait faim.
Mais comment allumer du feu ? il n'y fallait pas
songer. D'un autre côté, cette eau, bonne pour l'intérieur ne pouvait être que fatale à l'extérieur. Dormir entre deux eaux n'est pas une position enviable.
Déjà, à ce brusque passage d'une chaleur accablante
à un froid sensible, les trois quarts des hommes gre-
lottaient de fièvre.

— En route ! s'écria Georges. Après ce qui vient

de nous arriver, nous ne pouvons douter de l'avenir, car ce serait douter de Dieu.

On remplit les gourdes et les outres; les hommes rassemblèrent les ballots sans s'apercevoir que les torrents d'eau qui les traversaient en doublaient le poids, et tous hâtèrent le pas et courbèrent l'échine.

— C'est revenir de loin, *vivadiou!* murmura le Gascon en serrant la main de Georges. Quand je me suis affaissé la-bas, c'était bien avec la pensée de ne plus me relever.

— Ce qui prouve, Monsieur, répondit Cornec, qu'il ne faut jamais s'épouvanter de rien. C'est égal, nous devons un fier cierge au bon Dieu, car, sans calembour, une heure de plus et nous étions cuits et recuits...

— Comme les sardines dans la poêle, naturellement! ajouta Le Hir.

La nuit était venue; mais qui s'en serait aperçu sous les sinistres mais splendides clartés de la tempête; la pluie tombait toujours.

— Décidément, c'est trop d'eau! murmura Cornec en se secouant comme un caniche trempé. Un bain a son utilité; mais trop prolongé, il ne vaut rien.

Ils avaient à peine fait un mille qu'ils s'arrêtèrent stupéfaits : la plaine se terminait en cet endroit et des taillis clair-semés dabord, puis une jungle épaisse annonçaient une forêt. Le sol s'infléchissait en une pente assez sensible; c'est ce qui avait trompé les aventuriers : voyant toujours une plaine à peine accidentée, se confondant au loin avec l'horizon, ils l'avaient crue éternelle.

— Sommes-nous bêtes! s'écria le maître d'équipage. Que de souffrances nous nous serions épargnées si nous avions pu prévoir qu'à une heure de

marche à peine se trouvait une forêt, de l'eau sans
doute. L'homme serait trop heureux s'il pouvait tout
prévoir.

— Naturellement! répondit Le Hir.

— Ou trop malheureux! dit Carpezac.

— Allons donc!

— Certainement! si tu savais tout, tu connaîtrais
l'avenir. Eh bien! suppose que tu saches que, dans
quinze jours, un mois, les plus grandes catastrophes
vont fondre sur toi, comme tu serais heureux! Tu
vois bien en nous cachant la joie ou les chagrins de
l'avenir, Dieu a sagement agi.

— Naturellement! dit encore Le Hir.

— Imbécile! s'écria Cornec qui tenait à son opi-
nion.

— Nat... voulut dire le malheureux.

Un immense éclat de rire l'interrompit, et ce fut
sous cette impression de gaieté qu'on traversa,
malgré la pluie torrentielle, les taillis et la jungle
et qu'on s'engagea dans les profondeurs de la forêt.

Les lueurs de l'orage, glissant à travers les masses
de feuillage qu'elles éclairaient bizarrement, montraient un enchevêtrement de stipes de troncs gigantesques, de branches habillées de lianes; les taillis,
les buissons, les plantes arborescentes s'étendaient
partout faisant une autre forêt dans la forêt; partout
aussi d'immenses affleurements de granit perçaient
le sol et s'amoncelaient en prismes, en rochers, en
pyramides aiguës.

Puis le bois devenant de plus en plus touffu, l'obscurité régna presque sans partage.

— Vrai de vrai! grommela Cornec, une modeste
chandelle de six ne serait pas de trop ici! — Ne dis
pas, « naturellement », Le Hir, c'est inutile...

« Ah ! ça, *voyons voir* à nous orienter dans ce *mic-mac* infernal, et tâchons de nous tirer d'affaire sans réveiller personne. Bon ! voilà les éclairs qui recommencent !... Tant mieux ; il n'y a rien de plus triste que de se regarder le blanc des yeux sans le voir... Allons, des rochers encore ! c'est bien le diable si, avec tant de pierres, nous ne parvenons pas à nous construire une maison...

— Tu as raison, dit Georges ; il doit y avoir du creux dans ces rochers ; cherchons.

Et, à la lueur des éclairs, ils examinèrent un à un tous ces entassements de rochers soulevés jadis par quelque convulsion du sol. Ce fut encore Cornec qui trouva le premier... naturellement !

— Tenez, dit-il en montrant une immense caverne qui se découpait noire, béante, irrégulière, voilà l'affaire : un hôtel sur le boulevard, six pièces et les cuisines, le tout en sous-sol... Entrez...

Trempés jusqu'aux os, crottés comme on ne l'a jamais été, les aventuriers se hâtèrent d'obtempérer à l'invitation du maître d'équipage. A peine entré, celui-ci assembla un paquet de broussailles, battit le briquet, et, jetant un morceau d'amadou enflammé au milieu des brindilles sèches, se mit à souffler de toute la vigueur de ses poumons.

Bientôt la flamme brilla, claire et pétillante, éclairant une salle immense, où toute une armée eût tenu à l'aise, aux parois bizarres et étincelantes, aux enfoncements, aux retraites sombres et mystérieuses.

Sur le sol, des traces de campement ; des tisons éteints, des cendres refroidies, des poteries, des restes de vivres, des armes mêmes se voyaient un peu partout. On eût dit qu'une terreur mystérieuse

planait dans ce sombre séjour et que ceux que le
hasard avait contraint d'accepter ce gîte s'en étaient
enfuis précipitamment.

— La place a été occupée, il paraît, dit Georges.

— Bah ! répondit Carpezac, nous n'en dormirons
pas plus mal ; il est vrai que nous n'avons pas de
lits, ajouta-t-il.

— Et ces feuilles sèches donc ! Croyez-vous que,
pour des hommes harassés comme nous, elles ne
vaudront pas le meilleur duvet ? Nous avons de la
viande de conserve, du café, du tabac, nos gourdes
sont pleines d'eau, c'est plus qu'il n'en faut pour
confectionner un petit souper comme on en fait pas
à *la Grande Hôtel*, restaurant premier numéro de la
capitale ! C'est moi qui suis le « coq » (1). Le Hir
m'aidera.

— Naturellement ! répondit le matelot.

Georges et Carpezac, émus, admiraient ce sang-
froid, cette insouciance du matelot qui n'embarrasse
aucune situation, qui n'épouvante aucun danger,
toujours prêt à rire de tous et de tout.

Cependant, tandis que maître Cornec et son aide
approchaient les bouilloires du feu, ouvraient les
boîtes de conserve, écrasaient le café, les autres ne
restaient pas inactifs. Ils rassemblaient des brindilles sèches, élevaient des lits, disposaient le couvert.

Plus loin Georges et Carpezac fumaient leurs pipes
en mettant leurs notes à jour, soin que, depuis
quelque temps, les circonstances ne leur avaient pas
permis de prendre.

— Le souper est servi, messieurs ! cria Cornec
d'une voix retentissante.

(1) Cuisinier en terme de marine.

« A table ! »

Mais il s'arrêta brusquement. La gamelle de ferblanc qu'il apportait triomphalement s'échappa de
ses mains et rebondit sur le sol, sans daigner la
relever, il courut à l'entrée de la grotte.

— Alerte ! cria-t-il en revenant précipitamment.
Alerte, il nous arrive des convives !

— Hommes ou animaux ? demanda Georges.

— Je ne sais ; mais ils marchent sur deux pieds
comme nous...

Un moment de silence suivit ces paroles.

— Retirons-nous au fond de la grotte, dit alors
Carpezac ; peut-être n'entreront-ils pas...

Le conseil fut suivi ; on étouffa le feu sous plusieurs couches de sable, et la vaste salle retomba
dans l'obscurité. Puis, blancs et noirs se jetèrent
dans une sorte de couloir long et étroit qui s'ouvrait
dans une des parois latérales de la grotte.

— Fermons la porte ! s'écria Cornec.

Et faisant signe à Le Hir et à deux autres matelots,
ils roulèrent devant l'entrée du couloir un bloc de
rocher assez lourd pour rendre leur position inexpu-
gnable, assez bas pour leur permettre de voir et de
tirer.

Bientôt ils entendirent les feuilles et les branches
sèches qui couvraient le sol crier sous les pas des
nouveaux arrivants. Ceux-ci, voyageant sous l'orage,
sentaient sans doute tout le prix de cet abri inespéré,
car ils parurent vouloir s'installer à demeure. Pendant que les uns confectionnaient des petites bottes
de branches sèches, les autres tournaient rapidement dans leurs mains un petit bâtonnet pointu,
appuyé contre un autre morceau de bois.

— Nous sommes trahis ! murmura Georges à

l'oreille de Carpezac quand il vit la lumière briller.
Ces coquins vont nous découvrir ; car ils ne sont
pas assez bêtes, tous sauvages qu'ils sont, pour
s'imaginer que nos équipements et nos ballots sont
venus là tous seuls.

Les craintes du jeune lieutenant ne se justifièrent
que trop. Etonnés, les sauvages se mirent à fouiller
de tous côtés, un tison allumé à la main. Puis,
réflexion faite, ils se dirent que ce butin leur était
légitime et les uns défoncèrent les ballots pendant
que les autres continuaient leurs investigations.

C'étaient des hommes à l'aspect cruel et farouche.
Presque nus, suivant la coutume africaine qui veut
que, sous l'orage, les hommes enlèvent leurs vêtements, on voyait leurs membres robustes et luisants, leurs poitrines, leurs visages sillonnés de profonds tatouages. Leurs cheveux relevés, étaient
entourés de diadèmes de perles, des colliers de même
espèce surchargeaient leurs épaules, et, à leurs pieds,
à leurs poignets cliquetaient, s'entrechoquaient de
nombreux anneaux.

Presque tous avaient des fusils et trouvaient fort
ingénieux de porter leurs cornes à poudre, avec leurs
pipes et leurs couteaux, dans les lobes profondément entaillés de leurs oreilles.

Leurs dents, taillées en triangle, animaient leurs
noires figures d'un reflet satanique.

— Vouatouta ! dirent les nègres, Mazitous !...

— Mazitous tant que vous voudrez ! s'écria Cornec
indigné ; mais jamais, moi vivant, ces *Prends-y-tout*
ne porteront la main sur nos ballots ni sur notre batterie de cuisine.

— Silence ! murmura Georges qui lui serra le poi-
gnet à le broyer.

Mais il était trop tard! Avec cette finesse d'ouïe particulière aux peuples qui vivent à l'état sauvage, les Mazitous avaient entendu. Une sorte de mot d'ordre circula dans la foule et bientôt les féroces pillards se ruèrent vers l'abri des Européens en poussant des cris forcenés.

— En avant les clarinettes de cinq pieds! cria Cornec; il est temps...

— Naturellement! répondit Le Hir.

X

La bataille s'engage. — A grand orchestre. — Repoussés avec pertes. — Où Cornec révèle un talent qu'on ne lui soupçonnait pas. — Improvisation guerrière. — Le pétard et la fusée. — Feu d'artifice complet. — Déroute des Vouatouta. — Nouveau danger. — Les serpents. — Sous les arceaux des forêts. — On respire. — Où Cornec se proclame le seul et unique de son espèce. — Réponse de Le Hir. — Le point du jour.

Le couloir dans lequel s'étaient réfugiés nos aventuriers était — nous l'avons dit ou nous ne l'avons pas dit — large de quelques pieds à peine et s'enfonçait en serpentant dans le cœur du rocher.

Cela, l'obscurité aidant, rendait leur position soutenable; mais en réalité, elle n'était guère brillante; tôt ou tard il leur faudrait recourir à une sortie, c'est-à-dire au massacre en masse après le massacre en détail.

Heureusement Cornec et ses compagnons avaient pu rouler devant le couloir un quartier de rocher pouvant abriter les tireurs.

— *Voyons voir*, s'ils forceront cette porte ! avait dit le matelot.

Si les Vouatouta n'eurent pas la gloire de réussir, du moins ils eurent « celle de l'avoir tenté ». Se ruant impétueusement contre cette résistance qu'ils espéraient broyer, ils furent chaudement accueillis ; huit détonations éclatèrent et huit hommes tombèrent qui ne devaient plus se relever.

— Passez des « flingots ! » cria Cornec aux hommes qui, se tenant forcément derrière les meilleurs tireurs, ne pouvaient mieux employer leurs loisirs qu'à charger les fusils ; la danse va recommencer.

— Et elle sera chaude ! A grand orchestre, *quoi!*

Elle le fut. Malgré l'impétuosité de leurs attaques successives, les bandits du désert se voyaient arrêtés par huit canons de fusils qui, chaque fois, vomissaient huit balles dont pas une n'était perdue.

La fumée remplissait la grotte de ses nuages opaques que ne pouvait traverser la clarté vacillante des brandons que tenaient les sauvages. Cette fumée, âcre, pénétrante, chargée de parfums énivrants, qui prenaient fortement à la gorge, semblait raviver les ardeurs batailleuses et faisait autant de démons acharnés de sang et de carnage qu'il y avait de combattants.

Dix fois les Vouatouta renouvelèrent leur vaine tentative et dix fois ils furent repoussés.

La lutte prenait des proportions épiques.

On marchait sur des morts, des mourants qui remplissaient l'air de leurs plaintes, de leurs gémissements. Les Européens, abrités par les parois des rochers, par les saillies de la voûte contre lesquelles

4

s'aplatissaient ou ricochaient les balles, n'avaient pas perdu un homme.

Repoussés, mais non démoralisés, les Mazitous s'étaient retirés de l'autre côté de la grotte.

— Ah! coquins! vous en avez assez! cria Cornec ; fallait le dire... Non! vous en voulez encore?... Eh bien! accostez, garçons...

> Je saurai braver votre rage,
> Et l'honneur guidera mon bras !...
> Plutôt la mort que l'esclavage :
> Un vrai français ne se rend pas !...

Improvisa-t-il et chanta-t-il de la voix la plus fausse des cinq parties du monde, l'Afrique comprise.

— Silence! fit Georges qui coupa court à cette atroce composition. Songe plutôt à implorer Celui qui tient en mains nos destinées à tous, car tout ceci est horrible...

— Vous voulez que ça finisse !... Fallait le dire, alors...

— Tu entrevois donc un moyen? fit Carpezac anxieux.

— J'en connais mille ; mais je m'arrête à un seul et ce sera drôle. Je vais servir à ces *Prends-y-tout* un plat de ma façon ; ils s'en souviendront long-temps.

— Sur mon âme, je suis Gascon ; mais celui-ci l'est encore plus que moi ! murmura Carpezac. Et, s'il réussit, je le proclame l'homme le plus étonnant de la terre.

Préparez donc votre brevet et surveillez les mori-cauds.

Et, sans en rien dire à personne, il se glissa der-

rière ses compagnons et atteignit la provision de
poudre. Celle-ci était enfermée dans des boîtes en
ferblanc, de la contenance d'un kilogramme environ
et soigneusement fermées. Le maître en choisit
deux les soupesa en riant, et, sans se donner la
peine de les déssouder, fit au centre de chacune,
avec la lame de son couteau, une étroite ouverture.
Puis, déchirant son mouchoir, il confectionna deux
petites mèches, pouvant brûler une minute, qu'il
introduisit dans ces ouvertures.

— Que font les moricauds ? demanda-t-il encore.

— Ils se préparent à une nouvelle attaque.

— Si nous leur en laissons le temps.

Il battit le briquet, puis approchant l'amadou
enflammé de la première boîte, il mit le feu à la
mèche.

Puis, balançant ce projectile d'un nouveau genre
dans ses larges mains, il le lança par-dessus la tête
de ses compagnons.

— Gare la bombe ! cria-t-il.

La boîte décrivit une trajectoire rapide et coupa
l'air en sifflant. On voyait la mèche, dont cette
vitesse activait la combustion, briller comme une
rouge étoile. Puis la boîte retomba sur le sol, à quelques pas des Mazilous, où elle détona avec un
fracas formidable, compromettant la stabilité de la
grotte et faisant voler de tous côtés une pluie de
pierres dont quelques-unes blessèrent les aventuriers.

La stupeur clouait au sol les malheureux sauvages. En face de ce phénomène qu'ils ne pouvaient
comprendre, les pauvres diables restaient immo-
biles, hébétés, ne sachant pas s'ils devaient fuir ou
rester.

— Gare la bombe ! cria une deuxième fois la voix railleuse du maître.

Et un deuxième aérolithe enflammé traversa l'espace et vint encore s'abattre sur le sol. Mais, cette fois, soit que la poudre ne fut pas suffisamment tassée, soit qu'elle eut été mouillée ou que la boîte eût d'autres ouvertures, au lieu de détoner elle fusa, et c'est une fusée gigantesque qu'un kilogramme de poudre !

La grotte était pleine d'étincelles qui sortaient de la bienheureuse boîte, comme si elle eut été inépuisable ; pluie de feu, gerbes étincelantes qui montaient au sommet de la grotte, éclairaient d'un pourpre ardent les masses de rochers et leur prêtaient ces formes, ces aspects bizarres et fantastiques qui semblent ne plus appartenir à ce monde.

— Feu d'artifice complet, *quoi !* fit encore la voix du maître d'équipage.

La stupeur avait paralysé les sauvages, la stupeur leur rendit l'élasticité de leurs membres. Tumultueusement, sans même penser à emporter leurs morts, ils s'élancèrent au dehors de la grotte comme si tous les diables de l'enfer étaient à leur poursuite.

S'applaudissant du succès de leur stratagème, les aventuriers sortirent de leur retraite. Par un bonheur providentiel, ils n'avaient aucune perte à déplorer ; quelques hommes, il est vrai, avaient été blessés par les éclats de pierre ; mais c'étaient de si minces incidents, comparés aux périls immenses qu'on venait de traverser, qu'on ne s'en inquiéta seulement pas.

— Si vous m'en croyez, dit Georges qui, aux dernières lueurs du feu d'artifice de Cornec, contemplait avec dégoût le sol jonché de morts et de mou-

rants, nous allons quitter ce lieu maudit et chercher
un autre gîte.

— Adopté ! répondirent les hommes.

Les bagages furent repris et la caravane se disposa
à sortir.

— Mais sur quoi marchons-nous ? s'écria Le Hir
qui sentait, à chaque pas qu'il faisait, sa botte glisser sur des corps lisses et mobiles... Horreur ! des
serpents !...

La grotte en était pleine... Il y en avait de toutes
les tailles, de toutes les familles. Ils couvraient le
sol ; ils tapissaient les parois ; ils jaillissaient de tout
les trous, de toutes les anfractuosités ; ils fourmil-
laient !

Leurs têtes plates et hideuses se soulevaient et
leurs yeux brillants comme des escarbouilles étaient
fixés sur les voyageurs...

Que la puissance magnétique et fascinatrice dont
on a doué ces reptiles soit réelle ou usurpée, c'est ce
que nous ne discuterons pas ici. Toujours est-il que
les aventuriers, émus, troublés, fermant presque
les yeux, se hâtèrent de gagner la sortie qui, heureusement, n'était pas éloignée.

Il y avait assez de cadavres dans la grotte pour
occuper les hideux reptiles.

Quatre hommes pourtant restèrent dans ce gouffre
de l'enfer.

Ce ne fut que bien loin, sous les arceaux sombres
de la forêt, que nos amis purent respirer à l'aise.

Ils avaient traversé tant de péripéties foudroyantes
dans cette seule nuit, qu'ils croyaient rêver.

— Mais, dit Cornec, comment se fait-il que, quand
nous sommes entrés, il n'y avait pas plus de serpents dans la grotte que de cheveux sur la tête

d'un chauve, et que, quand nous sommes sortis, ils
étaient si nombreux qu'on eut pu en charger un trois
mâts ?

— Par une raison toute simple, mon ami. Presque
tous les reptiles subissent l'influence du froid et de
l'humidité, quand nous sommes entrés, ils dormaient, engourdis, au fond de leurs trous; le feu
que nous avons allumé, celui des sauvages après le
nôtre, la chaleur de la poudre, tout cela les à réveillés, et, en hôtes aimables et empressés, ils sont
venus prendre de nos nouvelles.

— Enfin, reprit le matelot en frissonnant, si nous
nous étions endormis, nous nous serions réveillés ?...

— Il est probable que nous ne nous serions pas
réveillés du tout, interrompit Carpezac.

— Maintenant, je comprends pourquoi il y avait
tant de traces de feu, tant d'objets abandonnés dans
la grotte et pas d'habitants, dit Georges; c'est que...

— C'est que l'auberge était mal famée, naturellement ! appuya Le Hir.

— C'est égal, dit Cornec, il ne faudrait pas beaucoup d'émotions comme ça pour vous blanchir tout
à fait la « pomme du mât ».

— Vois donc, si j'en ai subies.

Et, se découvrant, Carpezac montra ses cheveux
complètement blanchis.

Puis il reprit :

— Sans compliment, Cornec, si nous pouvons
encore arpenter les forêts, humer à pleins poumons
les parfums frais de la nuit, vivre en un mot, c'est
bien à toi que nous le devons.

— Parbleu! riposta le maître avec une naïveté
dont il ne soupçonnait pas l'orgueil, il n'y a qu'un
Cornec au monde.

— Et comme il n'y a qu'un Cornec, ce Cornec ne peut avoir qu'un matelot, moi! ajouta triomphale-ment Le Ilir.

— Naturellement! dit Georges, moitié riant, moitié sérieux. Cela clot la discussion, mes enfants. D'ailleurs voici le soleil qui montre le bout de son nez.

— Qu'il soit le bienvenu! firent tous les aventuriers.

XI

Près de la Loangoua. — Un pont. — Fertilité et pénurie. — Villages déserts. — Où les pillards ont passé. — Ruine et désolation. — A travers le village. — Plaintes et gemissements. — Ce que l'on trouve au fond d'une case. — Les abandonnés. — Comment le dernier morceau de pain trouva sa destination. — Où Cornec se proclame « papa ». — Reprise de l'étape. — Vouabesa et bouillie d' « eleusine ». — Halte!...

Près d'un mois après ces événements, nous retrouvons nos aventuriers, au complet encore, sur les rives de la Loangoua, rivière que nous avons vue se jeter dans le Zambèze, à quelque quatre degrés à l'est des chutes Victoria (1).

Ici la rivière, qui sert en quelque sorte de frontière naturelle au pays des Mazitous ou Voualoula, n'était plus cet affluent large et impétueux que nous avons vu grossir de ses eaux le volume du Zambèze; mais elle comptait bien encore quarante à quarante-cinq mètres, et paraissait profonde, légèrement encaissée qu'elle était entre deux rives rocailleuses.

(1) Voyez le Zambèze.

Les Mazitous avaient passé par-là, car le pont n'était plus qu'une ruine et les habitations riveraines portaient les traces d'un récent pillage.

Pas un canot dans les environs, pas un indigène.

— Comment passerons-nous? demanda Carpezac.

Grave question, qui se répétait à tous les cours d'eau un peu importants.

— Faisons un radeau, dit un des matelots.

— Et les crocodiles!... et les hippopotames!... crois-tu qu'ils se gêneront pour nous déhâler de là? répondit un autre.

Vingt projets furent proposés, et, quoique Le Hir les appuyât d'un « naturellement » bien senti, aucun n'était praticable.

Alors Joë tira Carpezac par la manche et lui montra un bouquet de superbes palmiers élaïs dont, à première vue, on pouvait évaluer la hauteur à soixante mètres. Ils étaient si près de la rivière, que leurs troncs touchaient presque les flots.

— Parbleu, mon garçon, toi seul as raison! fit le Gascon.

Les hommes avaient compris et se mirent à entailler profondément le pied d'un de ces géants, qui inclina bientôt sa tête superbe, et vint, avec fracas, tomber en travers de la rivière. Ce fut sur ce pont branlant, et qui ne tenait que par miracle, que les aventuriers, un à un, franchirent le cours d'eau. Les hommes, leurs paquets sur la tête, venaient ensuite. Plusieurs perdirent l'équilibre et tombèrent à l'eau; mais comme ils étaient aussitôt repêchés par l'obligeant Cornec et son non moins obligeant matelot, tous deux spécimen unique de leur race — ce ne furent que de minces incidents qui prêtèrent à rire plutôt qu'à autre chose.

Trois heures après la caravane entière était saine et sauve sur l'autre rive.

Les Loanngoua franchie, on reprit la route à l'ouest pour tâcher de gagner le Banngouéolo. La richesse du pays, où la flore, grâce aux premières pluies de la saison, atteignait un développement prodigieux, contrastait avec l'aspect sale et misérable des villages. Dans ces régions où les récoltes rendent cent pour un, il était impossible de se procurer d'autre aliment qu'un peu de grain d' « éleusine », et encore les naturels s'en montraient fort avares.

Pouvait-il en être autrement quand la famine les guettait, quand les Mazitous s'abattaient comme des nuées de sauterelles sur les récoltes à peine mûres ? La faim commençait à se faire sentir dans les rangs des aventuriers.

Pour comble de malheur, le gibier chassé, traqué, se montrait excessivement farouche et ne se laissait guère approcher à portée de fusil, l'expérience lui ayant fait connaître les terribles effets des armes à feu.

Mais on approchait du Banngouéolo, de ce lac où tous les doutes, toutes les incertitudes devaient être dissipés, où on recueillerait le prix de tant d'efforts ! Ah ! rien qu'à cette idée de rejoindre les abandonnés, de leur ouvrir la route de la patrie, tous les cœurs tressaillaient de joie ; les peines, les fatigues étaient oubliées.

Souvent on passait près de grands villages ; mais à cette époque ils étaient presque déserts ; les hommes et les femmes campaient dans les champs comme le prouvaient les cases veuves de leurs toits. Ailleurs on entendait la voix babillarde des femmes, apprêtant

les étoffes d'écorce, le retentissement des marteaux
des forgerons ; on voyait les fonderies rougir le ciel
de leurs reflets incandescents ; l'activité était générale ; chacun se dépêchait de terminer sa besogne,
car il fallait profiter des premières pluies pour les
semailles.

Puis c'étaient d'immenses déserts où les Mazitous
avaient passé.

Le cinquième jour après le passage de la Loanngoua, au sortir d'une jungle considérable, les aventuriers aperçurent les cases aux toits de chaume
d'un grand village que défendaient des estacades
naturelles de buissons épineux.

Aussitôt ils pressèrent le pas ; car, sauf une maigre
bouillie d' « éleusine », depuis la veille, ils n'avaient
rien mangé, et les hommes, rendant leurs chefs
responsables de leurs souffrances, criaient de faim,
comme quelque temps auparavant ils avaient hurlé
de soif.

Soudain Carpezac s'arrêta.

— Nous arrivons trop tard, dit-il en montrant un
homme étendu sous un buisson, le crâne ouvert
d'un coup de hache ; les pillards nous ont pré-
cédés.

— Qu'importe! fit Georges. Voyons toujours s'ils
n'ont rien laissé.

— Ils auraient brûlé le village plutôt que d'y
laisser quoi que ce soit, répondit le Gascon. Hier
encore je regrettais presque l'affaire de la grotte ;
mais, sur mon âme et conscience, après tout ce que
j'ai vu, je crois que c'est une action méritoire de
débarrasser la terre de tels bandits.

— Naturellement ! ajouta Le Hir.

On entra dans le village. Comme l'avait dit Car-

pezac, c'était peine perdue que de chercher quelque
chose après les Voualoula. Les cases étaient pillées
de fond en comble ; les greniers avaient été saccagés ; les pots servant à contenir les provisions de
« pommbé »couvraient le sol de leurs débris : seules
les idoles, qui se voient dans chaque case, et qui
ont la prétention de représenter les « grands hommes », dont la famille a pu s'énorgueillir, avaient été
respectées.

— Ils égorgent un homme et tremblent devant un
morceau de bois, ils vendent leur famille et donneraient leur vie pour une idole !... Etrange peuple, en
vérité...; murmura Georges.

Et la triste exploration du village dévasté se continua. Tous les habitants avaient eu le temps de fuir
dans la jungle ou sur les collines, ou avaient été
emmenés en esclavage ; car, sauf celui de l'homme
tombé à l'entrée du village, les aventuriers n'aperçurent aucun cadavre.

Désespérés de l'insuccès de leurs recherches, ils
allaient se retirer lorsque Georges crut percevoir le
bruit d'un sanglot.

— Entendez-vous ? dit-il à Carpezac.

— Il y a donc quelqu'un ici ?... En effet, j'entends
distinctement des plaintes, des gémissements...
quels peuvent être ces infortunés ?

— Le meilleur moyen de savoir, c'est de voir,
répondit un matelot.

— Tu as raison, fiston ! reprit Cornec. Entrons.

Et, le premier, il se courba pour entrer dans la
case d'où la voix ou les voix semblaient partir.
Georges et Carpezac le suivirent. Le jour ne pénétrant que par la porte, la seule ouverture de la
cabane, ils ne distinguèrent rien d'abord. Peu à peu

cependant leurs yeux s'habituèrent à l'obscurité et
Georges jeta un cri.

— Regardez ! fit-il.

Au fond de la hutte, pelotonnés sur une misérable
litière de joncs, étaient deux jeunes enfants, à peine
couverts d'un lambeau de pagne, et grelottant de
peur et de froid. A l'entrée des Européens, ils jetèrent un cri d'angoisse, et, serrés l'un contre l'autre,
essayèrent de se faire le plus petit possible.

— Pauvres mioches ! dit Cornec, c'est déjà orphe-
lin et ça a six ans à peine.

Le brave homme avait le cœur sensible. Malgré
leurs cris et leur résistance, il prit les deux pauvres
petits dans ses bras et les amena au grand jour.

Georges et Carpezac étaient émus; les enfants
pleuraient.

— *Voyons voir* à nous entendre, dit le maître.
Toi, avance à l'ordre, continua-t-il en faisant signe à
Sam, et fais jacasser ces marmots, histoire de con-
naître la leur.

Cette « histoire » était bien simple. Les deux pauvres enfants — une fille et un garçon — n'étaient ni
frère ni sœur, pas même parents. Ils jouaient à
l'entrée du village quand parurent les Vouatouta ;
effrayés, ils prirent la fuite sans même songer à
donner l'alarme, et quand le soir, la faim les ramena
chez leurs parents, le village était désert et silen-
cieux.

Ils appelèrent en pleurant : aucune voix ne répondit à la leur. Alors, las de crier, effrayés du silence
et de l'isolement qui pesaient si lourdement sur eux,
ils étaient entrés dans la première case venue,
tremblants de peur et de faim.

— Pauvres enfants ! dit Georges, nous ne vous

abandonnerons pas, car l'abandon serait pour vous la mort ou l'esclavage. Si dénués que nous soyons, il nous reste encore un morceau de pain ; nous le partagerons avec vous.

— Le voilà, ce morceau de pain. Tenez, les mioches, régalez-vous une fois en votre vie.

— Le fastueux morceau de pain pesait tout au plus une demi-livre. C'était peu pour les pauvres affamés, mais c'était tout ce que possédaient les aventuriers.

— Tout ce qui résulte de cette affaire, c'est que nous nous trouvons tout aussi embarrassés que tout à l'heure, et que nous avons deux bouches de plus à nourrir, dit Cornec.

— Le regrettes-tu ? demanda Georges.

— Eh bien, non ! Ils sont charmants ces négrillons, et, foi de Cornec, maître d'équipage à bord de l'*Isthme de Panama*, je les adopte pour le passé, le présent et l'avenir. Je serai le « père » et Le Hir le « parrain ».

— Naturellement !

Les pauvres abandonnés étaient charmants en effet. Leurs visages enfantins et gracieux n'étaient pas encore défigurés par le tatouage et présentaient le type des habitants de cette région. Type qui est celui de l'Asiatique plutôt que du nègre, tel qu'on se le figure ordinairement.

Leur faim un peu calmée, les enfants, avec l'heureuse insouciance de leur âge, s'étaient laissés emmener, sans même demander où on les conduisait.

La marche fut reprise ; par malheur les aventuriers suivaient la piste des Mazitous qui, comme les sauterelles, ne laissaient rien de bon partout où ils

avaient passé. C'est dire qu'il fallut percer de nouveaux trous aux ceintures, car elles devenaient de
plus en plus larges.

— Vraiment, disait maître Cornec, avec son calme
goguenard, c'est une jubilation réelle que de prome-
ner ses pas dans ce charmant pays; on ne doit pas
craindre d'y mourir d'indigestion.

Vers le soir on arriva à une cabane isolée dont les
propriétaires, de vrais Vouabisa au teint foncé, aux
dents aiguës, barbouillés d'ocre et portant aux bras
autant de bracelets de cuir qu'ils avaient tué d'éléphants, voulurent bien céder aux aventuriers quelques mesures d' « éleusine »; mais rien de plus. Ils
possédaient pourtant plusieurs vaches à double
bosse, race fort commune dans ces régions; mais ils
refusèrent de les vendre, quelque exhorbitant que fut
le prix qu'on leur en offrit.

Il fallut donc se contenter d'un maigre brouet, que
Cornec étendit abondamment d'eau pour en aug-
menter le volume, et qui fut impuissant à contenter
tous ces robustes appétits. Les enfants seuls furent
rassasiés; car Cornec, prenant son titre de « père »
au sérieux, les servit les premiers.

Après ce simulacre de repas on se tailla un campement en pleine jungle. Les Vouabisa, craignant
les blancs presqu'autant que les Mazitous, avaient
refusé de les recevoir dans leurs cases.

Quand, au jour suivant, on reprit l'éternelle étape,
les hommes grognaient et murmuraient. Les deux
chefs de l'expédition firent mine de ne pas les entendre pour n'avoir point à sévir.

— Eh! mon Dieu, disait Cornec, nous n'avons pas
déjeunés, belle affaire! nous n'en souperons que
mieux!

— Naturellement ! mais ce souper, qui nous le fournira ?

— L'occasion, matelot !

Au même instant Georges fit signe d'arrêter.

XII

Un vieux solitaire. — Georges se dévoue. — Ruse contre force.
— Deux coups de feu. — Charge horrible. — Dans les airs.
— Victoire ! — Où Georges se fait entendre. — Repas copieux.
— Arabes et Mazitous se partagent le pays. — Conversation
intéressante. — Aux approches du lac. — Pays inondé. — On
touche au but.

Au loin, au fond d'une petite clairière ouverte par la hache des défricheurs au milieu de la jungle, le jeune lieutenant venait d'apercevoir la silhouette massive d'un éléphant.

Ce devait être un de ces vieux mâles, chez qui les années ont amorti la fougue des passions, et qui, dédaignant la société de leurs semblables, vivent seuls et retirés comme des ermites au fond des bois, des jungles les plus impénétrables.

Les indigènes les appellent des « solitaires ». Forts de l'expérience qu'apporte toujours la vieillesse, ils sont excessivement redoutables.

Le jeune lieutenant savait cela. Mais, dans cette occasion, il n'y avait pas à hésiter.

Heureusement pour nos amis, le pachyderme ne les avait pas encore éventés. Debout, comme nous l'avons dit, au milieu de la clairière, de sa trompe élastique, il tordait nonchalamment les jeunes arbres pour en brouter les feuilles avec plus de facilité ; rien ne paraissait troubler la douce quiétude dans laquelle il était plongé.

— Voilà le souper, dit Georges en souriant. Laissez-moi faire et je vous promets qu'avant une heure, cette immense masse de viande bouillira dans nos marmites.

Il glissa deux balles explosibles dans chaque canon d'une lourde carabine faite exprès pour se sport dangereux et voulut s'élancer en avant.

— Mille millions de milliasses! dit Cornec en l'arrêtant, croyez-vous, mon lieutenant, que nous vous laisserons vous exposer tout seul aux caresses de cet animal ?... Ah ! bien, oui...

— Qui commande ici? fit le jeune homme avec autorité ! L'animal est trop rusé pour ne pas nous éventer si nous chargeons en masse, et s'il nous échappe, adieu le souper ! Il n'y a pas grand danger d'ailleurs : si dure que soit la peau d'un éléphant, nos balles explosibles la perceront facilement.

— Allez, dit Carpezac ; quoi qu'il arrive nous vous soutiendrons.

Le jeune homme, son fusil armé, se traînant sur les mains et les genoux, disparut bientôt au milieu des hautes herbes. Chaque fois que le craquement d'une branche morte, le frémissement des herbes faisaient dresser l'oreille au redoutable pachyderme, il s'arrêtait prudemment, puis profitait pour avancer de nouveau du moment où son ennemi se remettait à brouter.

Quand il se crut à bonne portée, il éleva son arme, et, visant entre les deux yeux, pressa la détente.

Mais rien n'est dur comme un crâne d'éléphant.

Bien que frappé au front, aveuglé par le sang qui s'échappait de sa blessure, le monstre exhala un cri de rage et de douleur et se précipita en avant, ébraulant le sol sous son pas lourd et précipité.

Georges lui envoya aussitôt sa deuxième décharge; mais soit qu'il eut mal visé, soit qu'un mouvement de l'éléphant eut dérangé la ligne de mire, la balle siffla à son oreille sans l'atteindre.

Les aventuriers poussèrent un cri terrible : l'éléphant n'était plus qu'à quelques pas du chasseur désarmé. L'enlaçant de sa trompe redoutable, il le projeta dans les airs...

Tous s'attendaient à voir l'infortuné retomber sanglant, inanimé sur le sol que piétinait le monstre furieux.

— En avant! cria Carpezac; ne lui donnons pas le temps de l'achever.

Les aventuriers se redressèrent et, poussant mille clameurs pour détourner l'attention du monstre, marchèrent à lui. Oubliant son ennemi, rendu furieux par sa blessure, il leur épargna la moitié du chemin.

— Feu! dit alors le Gascon.

Vingt fusils s'abaissèrent et vingt détonations firent trembler l'écho de la jungle. Cette fois, le monstre s'affaissa lourdement sur le sol, battant encore l'air de sa trompe impuissante.

De nouvelles décharges mirent fin à son agonie.

— Georges! Georges! où êtes-vous? cria le Gascon.

— Ici, parbleu! fit une voix qui semblait descendre du ciel.

Par un hasard vraiment providentiel, Georges, au lieu de retomber sur le sol où il eut été broyé sous les pieds du monstre, avait été arrêté dans sa chute par un de ces lacis de lianes qui, dans les forêts équatoriales, courent d'arbre en arbre. Quoiqu'à moitié étourdi, brisé par le rude embrassement qu'il venait de subir, il avait eu la présence d'esprit de se retenir en désespéré à ces cordons aériens.

— Qu'on dise maintenant que les lianes ne sont bonnes à rien? exclama triomphalement Cornec.

— C'est égal! murmura le Gascon pâle encore, je ne voudrais pas pour beaucoup repasser par de pareilles émotions.

Et, ce disant, il vint affectueusement presser la main de Georges que Cornec et Le Hir étaient allés *repêcher* dans le domaine des airs.

Déjà les « Askaris » et les matelots s'étaient abattus comme des oiseaux de proie sur l'immense carcasse de l'éléphant, taillant, coupant à grands coups de haches et remplissant sans cesse les marmites qui se vidaient avec une rapidité surprenante.

Il faut avoir connu cette « passion de la viande » dont parlent tous les explorateurs, et qui saisit si fortement les malheureux indigènes que, pour la satisfaire, ils vendraient père, mère, enfants; il faut l'avoir connue, disions-nous, pour comprendre la joie délirante que causa cette capture.

Quoi qu'un peu coriace, sans doute à cause de son âge, le pachyderme fut déclaré excellent, surtout la trompe et les pieds accommodés suivant la méthode indigène.

Quand l'expédition dûment lestée et reconfortée put quitter ce lieu, elle emportait plus de cinq cents livres de viande saignante et soigneusement empaquetée dans de grandes feuilles. Il n'y avait aucune précaution à prendre pour la conservation de cette immense provision, voyageant sous la pluie et le soleil ; si corrompu, si faisandé que soit le gibier, les nègres s'en accommodent toujours.

D'ailleurs, à dater de ce point, les souffrances et les privations cessèrent comme par enchantement. On entrait dans un pays fertile et cultivé avec intelligence ; les vivres, lait, volailles, viande de bœuf et de chèvre, légumes, grains de toutes sortes abondaient et se donnaient presque pour rien ; il en était de même des fruits, du manioc, dont les Vouabisa de cette région avaient de grands approvisionnements.

Cela tenait à ce qu'un parti d'arabes, établi au sud du Banngouéolo, en défendait l'approche aux Mazitous. Par un accord tacite, les traitants et les bandits, voyant qu'ils n'avaient aucun profit à s'entre déchirer, s'étaient partagés le pays : où résidaient les uns, les autres se gardaient bien d'approcher.

— Accord touchant ! disait Cornec, vraiment ça fait plaisir à voir. Je ne souhaiterais qu'une chose, continua-t-il, c'est que la même intelligence unisse un jour Vouabemmba et Vouabisa et les engage tout doucement à mettre à la porte « Messieurs » les Arabes et les Mazitous.

— Malheureusement, la chose n'est guère possible maintenant et ne le sera jamais tant que les Africains n'auront pas renoncé à l'odieuse expl. itation de l'homme par l'homme, tant qu'un commerce légal ne leur aura pas permis de tirer parti des richesses naturelles de leur pays, de se procurer, par des échanges, les armes, vêtements, etc., que les Arabes leur vendent seuls aujourd'hui, et Dieu sait à quel prix.

« D'un autre côté, continua le Gascon, comment

voulez-vous régénérer un pays où n'existe aucun lien de corrélation entre les différents peuples, où les liens même de la famille sont inconnus? Quel nom donnerez-vous à ces hommes qui, pour satisfaire leurs plus basses passions, brûlent, pillent, saccagent les propriétés de leurs voisins. vendent en masse leurs sujets et, quelquefois, leurs enfants? Je vous l'ai dit, l'amour de la famille, encore moins du prochain, n'existe pas en Afrique. Cela se conçoit: ici la femme n'est pas pour le nègre une compagne aimante et dévouée; il ne l'a pas choisie par affection; elle ne connait rien de ses peines, rien de ses joies; c'est un meuble vivant, une esclave, une marchandise en un mot, puisqu'il l'a payée... Etonnez-vous après cela que le caractère sacré de l'épouse, de la mère, soit méconnu, que les enfants, élevés d'après ces détestables principes, n'aient pour elle ni respect ni affection...

— Hum! fit Cornec, on parle beaucoup de la « Régénération » de l'Afrique; mais bien fin sera celui qui verra clair dans un tel mic-mac!... Qui d'ailleurs voudrait se charger de le débrouiller?

— Les missionnaires, mon ami. La chose est si bien comprise que sur le Nyassa, sur le Tanganyika, dans l'Ouganda, des missions se forment ou sont projetées. Mais que de peines et de labeurs, que de superstitions d'usages sanguinaires à déraciner, à combattre avant d'obtenir un résultat sensible, de substituer à cette odieuse maxime prêchée par les prêtres et les sorciers et qui semble résumer toute la religion de l'Afrique : « Fais à autrui ce que tu ne voudrais pas qu'on te fit à toi-même », cette parole consolante qui est notre religion à nous : —

« Ne fais pas à autrui ce que tu ne voudrais pas
» qu'on te fît à toi-même ! »

— Bravo ! monsieur Carpezac, vous prêchez comme
un docteur !

— C'est que j'ai longtemps vécu au milieu de ces
peuples, mon ami, c'est que j'ai pu sonder l'abîme
qui sépare leur barbarie des premiers degrés de
la civilisation, toucher du doigt la plaie hideuse...

— Eh bien ! moi, s'écria Cornec, je jure ici que ces
deux mioches ne seront ni esclaves, ni chasseurs
d'esclaves... C'est toujours ça de gagné...

En même temps il jeta un regard attendri sur les
deux négrillons, que des « Pagazis » portaient sur
leurs épaules.

Ces conversations n'empêchaient pas les aventuriers de continuer bravement leur route en avant.

A mesure qu'on approchait du Banngouéolo, le pays,
succession de plaines et de collines, de jungles et
de forêt, s'infléchissait sensiblement pour aboutir
à d'immenses marécages que traversaient mille
rivières.

Le sol, couvert de détritus de végétaux, avait une
apparence solide et verdoyante qui faisait plaisir à
voir... de loin ; car de près on s'apercevait bien vite
que ce n'était qu'un trompe l'œil et qu'on marchait
sur une surface molle et spongieuse, qui pompait
avidement l'humidité, mais la restituait largement
aussi lorsque le pied la pressait.

Les aventuriers sentaient ce terrain, aussi perfide
que le sable mouvant, s'enfoncer sous leur poids ;
ils enfonçaient jusqu'à la cheville, jusqu'au genou,
jusqu'à la ceinture même, et, pour se retenir, rien
que des roseaux qui se brisaient comme verre, des
herbes longues et tranchantes comme des rasoirs.

C'était le vrai paradis des hippopotames, qui
vivaient par milliers dans tous les buissons de
roseaux, d'arbres et de plantes aquatiques... Ceux
qui aimaient cette chair un peu coriace, un peu
huileuse ne devaient pas craindre de mourir de
faim.

Par bonheur des chaussées élevées et résistantes
sillonnaient cette immense éponge. Sam et Joë les
eurent bientôt trouvées, et, dès lors, on put avancer
avec sécurité, mais non sans de nombreux plon-
geons, vers ce lac tant désiré.

Georges et Carpezac ne vivaient plus. L'émotion
les rendait insensibles à tout et faisait palpiter leurs
artères. C'est que là, enfin, ils allaient avoir la solu
tion de cette énigme qu'ils poursuivaient depuis
longtemps. Interrogeant avec soin les indigènes
qu'ils rencontraient, ils avaient appris qu'Edouard
Trustus ne les avaient pas trompés, que des blancs,
six mois auparavant avaient en effet traversé cette
région, et, après de graves différends, de sanglants
conflits avec les Arabes, s'étaient dirigés vers une
destination inconnue.

— Six mois ! disait Georges en tressaillant à cette
date qui, en effet, devait être celle, où, après avoir
quitté le Zambèze, Kerpewen et ses compagnons
avaient pu atteindre le lac ; plus de doutes possibles,
nous sommes sur la voie.

— Nous brûlons la piste, *sandis !*

— Mais comment savoir au juste.

— Les Arabes parleront ! dit Carpezac avec une
froide résolution.

Avec une telle espérance, ni dangers, ni obstacles
ne pouvaient les arrêter. Pour arriver au lac, ils
eussent marché au milieu des flammes.

Ils l'atteignirent enfin le 10 octobre, dix mois environs après leur embarquement sur la Rovouma.

XIII

Le lac Banngouéolo. — Premier aspect. — Un village. — Accueil peu hospitalier. — Où l'on aperçoit le turban des Arabes. — En retraite. — Deuxième village et accueil aussi cordial. — C'est un coup monté. — L'assaut. — Ni tués ni blessés, personne de mort. — Reconnaissance militaire à travers les cases. — L'ennemi dans la place. — Proposition des traitants et réponse de Carpezac. — Changement de sentinelles.

De la distance où étaient encore les explorateurs, le lac, avec ses flots verts d'émeraude, agités par une légère brise, ses îles nombreuses et parées d'une riche végétation, ses flottilles de pirogues et de canots, leur apparaissait comme une mer immense. Aucun horizon, si ce n'est la ligne pâle des eaux se confondant avec l'azur radieux des cieux.

Partout sur le sol au milieu des roseaux et des bambous étaient des sentes d'hippopotames; les abords du lac étaient couverts de leurs larges empreintes; les crocodiles aussi paraissaient ressentir une prédilection marquée pour cet endroit; car jamais ils n'avaient paru si nombreux aux regards des Européens.

— Vrai de vrai! s'écria Cornec, si ce n'est pas la mer, du moins ça en a tout l'air. Et quelle masse, quelle variété de palmipèdes sur ces flots!... On dirait qu'on n'a qu'à se baisser pour en prendre.

Georges et le Gascon étaient trop émus pour

répondre. C'est à peine s'ils daignaient honorer d'un
regard distrait, sur le manteau scintillant des eaux,
ces golfes, ces criques où se balançaient les pirogues des pêcheurs, où des jets d'eau diamantée,
s'élançant vers le ciel, révélaient la présence de souf-
fleurs, où glissaient des bandes de plongeurs, de
flamans, de grues : non, de toutes les merveilles
qu'étalait la main du Créateur, ils n'avaient rien vu,
rien qu'une « Daou » sous voile et un grand village
dans l'éloignement.

La « Daou » leur disait que les Arabes régnaient
en tyrans sur le lac ; le village, que l'heure suprême
approchait.

— En avant ! s'écria Georges avec une exaltation
sauvage ; il le faut !

Les charges furent reprises et on avança de nouveau.

A mesure qu'ils approchaient de la ville, les aventuriers remarquaient la terreur qu'ils inspiraient au
Vouabisa. Hommes, femmes, enfants, jetaient leurs
lances, leurs lignes, les paniers qu'ils portaient et se
hâtaient de gagner l'enceinte palissadée qui entourait
le village, comme si une troupe de Mazitous leur
donnait la chasse. Néanmoins, ils continuèrent d'a-
vancer ; mais à une demi-portée de fusil environ du
village, ils furent accueillis par une volée de flèches
appuyées de quelques balles, et mille voix furieuses
leur intimèrent l'ordre de s'éloigner.

Ce fut en vain qu'ils agitèrent des branches vertes
en signes de paix, qu'ils montrèrent leurs ballots,
il fallut obéir sous peine d'être fusillés.

Or, comme les assaillants étaient protégés par
les palissades, et qu'eux se trouvaient complètement à découvert, c'est-à-dire exposés en plein

aux flèches et aux balles, ils n'avaient que ce parti à
prendre.

— Satanée boutique ! s'écria le maître d'équipage,
faut-il que ces gens soient stupides !... Est-ce que
nous leur voulons le moindre mal ?... Nigauds, va !...
Enfin, nous ne pouvons définitivement rester plantés
comme des citrouilles pour servir de cible à ces
« messieurs... » mieux vaut détaler...

— Et se presser... naturellement !...

— Vous avez raison, dit Carpezac qui, derrière
les guerriers vociférant à l'entrée du village, avait
vu deux turbans arabes ; la chose est plus sérieuse
que je le croyais.

Et se penchant à l'oreille de Georges.

— C'est un tour des Arabes, dit-il ; j'en jurerais
ma tête.

Cependant, après une courte trêve, voyant que les
aventuriers ne bougeaient pas, les Vouabisa recom-
mencèrent leur feu.

Il fallut s'arrêter à un parti quelconque.

— En retraite ! commanda Carpezac.

Et la troupe, tournant les talons a cette ville
inhospitalière, se dirigea vers un deuxième village
qu'on apercevait à un mille plus bas. A leur grande
stupéfaction, le même accueil les y attendait.

— Cette fois, c'est un coup monté ! s'écria Carpezac. Notre présence était signalée, et, dans un
but que je ne puis comprendre, mais que je pénètre-
rai, les Arabes ont intérêt à ne pas nous laisser
passer.

— Ils nous prennent peut-être pour des Mazitous !
dit un matelot.

— Allons donc !... est-ce que c'est possible ! Non,
le mot d'ordre est donné.

5

— Que faire? nous ne pouvons rester entre deux feux.

— Enlevons le village! s'écria Georges qui se redressa sublime de douleur et d'énergie; car, je vous le dis, je ne quitterai pas les abords de ce lac sans avoir une certitude quelconque sur le sort de nos amis.

— A l'abordage donc! hurlèrent les matelots en brandissant leurs armes.

Par bonheur ce village, moins peuplé et moins fortifié que le précédent, ne comptait pas un seul fusil; tous ses défenseurs, une soixantaine à peine, parurent sur la brèche agitant leurs lances et leurs sagaies. Une première décharge, à blanc, les dissipa comme des ombres; et les Européens, s'élançant au pas de charge, eurent bien vite atteint les palissades. Les nègres alors, effrayés de la rapidité de cette attaque, comprenant toute la folie d'une résistance, jetèrent leurs armes et s'enfuirent dans toutes les directions.

— Les braves! s'écria Cornec en riant, comme ils ne se font pas prier pour *se tirer des pieds !*

Les aventuriers étaient maîtres du village.

— Voilà ce que nous aurions dû faire là-bas, dit Georges.

Carpezac secoua la tête.

— Là-bas, dit-il, nous aurions réussi à nous faire écharper jusqu'au dernier; mais c'eût été tout. N'oubliez pas que les Vouabisa son soutenus, poussés par les Arabes. Ne me dites pas le contraire, je les ai vus.

— Mais ici la même influence existait.

— Oui. le mot d'ordre avait été donné, seulement, on avait négligé de soutenir ces pauvres diables, et, vous le savez, si les nègres, livrés à eux-mêmes, brillent dans une embuscade, ils sont incapables de soutenir une attaque vigoureuse. Mais quel peut être le but des Arabes ?

— Qui sait?... ils veulent peut-être se venger sur nous de l'échec que leur ont infligé nos amis.

— Vous avez peut-être raison. En tous cas, nous voilà au Banngouéolo.

— Mais comment, au milieu de l'effervescence qui règne parmi ces sauvages, obtenir les renseignements qui nous sont nécessaires?

— Je réfléchirai à tout cela, dit le Gascon. L'important est d'agir le plus promptement possible. Allons prendre connaissance des êtres ; nous en recauserons au retour.

Le village était construit à l'extrémité d'une vaste lagune à moitié desséchée et communiquant avec le lac par une sorte d'écluse naturelle. Il était entouré d'une double rangée de pieux aigus et n'avait qu'une seule entrée, défendue par deux corps-de-garde faits de solides troncs d'arbres.

Les cases, régulièrement bâties, rayonnaient vers une grande place ombragée de beaux figuiers et de palmiers éventails. Là était la demeure du « Moutoualé » ou chef du village.

A l'intérieur on apercevait des poteries, des armes, des harpons, des filets pour la pêche, des rames de canots. Chaque case était en outre abondamment fournie de grains, de poissons séchés, de lambeaux de chair d'hippopotames ou d'éléphants. Mais, soit que l'attaque eut été prévue, soit que les Mazitous se fussent montrés dans ces régions, les bestiaux avaient été entraînés au loin.

Les explorateurs remarquèrent encore, dans chaque

case, des idoles grossièrement sculptées, semblables à celles qu'ils avaient déjà vues. C'étaient les « images des ancêtres » qui président aux destinées des familles, et auxquelles les Vouabisa, comme les Vouabemmba, d'ailleurs rendent un culte superstitieux.

La nuit était venue. De grands feux furent allumés à l'entrée du village dont on confia la garde aux « Askaris », et les Européens se retirèrent dans la case du « Moutoualé », où Cornec, avec la tendre sollicitude d'une mère, avait déjà couché ses deux « enfants », pour délibérer sur la conduite à tenir en une telle occurrence.

La situation était des plus graves.

La fuite était bien encore possible par cette nuit profonde; mais fuir, c'était perdre en un instant le fruit de près d'un an de peines et de souffrances; c'était renoncer à l'espoir de rejoindre jamais ceux qu'on était venu chercher de si loin.

Les Arabes seuls pouvaient donner les renseignements désirables.

Mais là, justement, était la difficulté.

— Ayons confiance en la bonté du Maître Suprême, dit Carpezac, et n'oublions pas que, si désespérée que soit la situation, il suffit d'un signe de lui pour la changer totalement, pour faire succéder les pleurs de l'ivresse aux larmes de l'angoisse. D'ailleurs, je le jure, j'arracherai leur secret aux traitants, je les forcerai de parler... Comment? je ne sais encore; mais cela sera, car je le veux.

Soudain, il tressaillit.

Il y a des étrangers ici, dit-il. On parle Arabe.

Et, vivement, il sortit et gagna l'entrée du village, immédiatement suivi de Georges et des matelots.

Il ne s'était pas trompé. Abandonnant leur poste
« Askaris » et « Pagazis » s'étaient groupés autour
d'un personnage venu on ne sait d'où et qui parlait,
gesticulait avec animation.

L'arrivée des blancs fut un coup de théâtre auquel
personne ne s'attendait. Tous se troublèrent et se
levèrent en balbutiant. Seul, le personnage inconnu
n'avait rien perdu de son calme.

— Que fais-tu ici? dit Carpezac en le secouant
avec force. Tu es un espion des Arabes.

— *Sidi*, répondit l'esclave, je suis envoyé à toi,
fort et courageux comme un lion, par Omar-ben-
Khéira, mon maître.

— Qu'avons-nous à démêler ensemble?

— Il vient te proposer la paix et regrette **que le**
sang ait coulé.

— Bah ! Et quelles sont ses conditions?

— Les blancs rendront le village et quitteront immédiatement le pays.

— Ecoute, reprit le Gascon, tu m'as tout l'air d'un
espion ; mais je suis assez fort pour me montrer
généreux. Si tu es vraiment envoyé par les Arabes,
retourne à eux et dis-leur que tu as vu les blancs
prêts à repousser la force par la force. Si ton maître
veut réellement la paix, qu'il vienne à moi, loyale-
ment, franchement, et il sera satisfait. Maintenant,
va ; mais n'oublie pas, que si nous accueillons ceux
qui se présentent en plein soleil, nous fusillons les
espions qui se glissent dans l'ombre.

Le nègre s'inclina, et, jetant un regard d'intelligence aux « Askaris » et aux « Pagazis », disparut
aussitôt.

Carpezac était pensif.

— Cornec, dit-il, **prends dix hommes et garde toi-**

même l'entrée du village. Que les armes soient enlevées aux « Askaris » et les ballots déposés dans la
case du « Moutoualé ». Ah! une dernière recom-
mandation : si quelqu'un essaie de s'enfuir... Tu m'as
compris ?...

— Ne craignez rien, répondit le maître ; on ouvrira
les *écubiers*.

— Naturellement! ajouta Le Hir.

— Que redoutez-vous donc ? demanda Georges avec
inquiétude.

— Je ne sais ; mais il me semble que le vent
souffle à la trahison. Qu'importe ! on veillera.

Tous deux rentrèrent dans la case du « Moutoualé »,
et le silence se fit de nouveau, troublé seulement
par le pas lourd et régulier des sentinelles veillant à
l'entrée du village.

Le reste de la nuit se passa sans incident.

XIV

Le matin. — Préparatifs belliqueux. — Nouveau parlementaire. — Mission dont il est chargé. — Désertion en masse.
— Où Carpezac annonce sa visite au traitant. — Préparatifs
étranges. — Abandon du village. — Nuit sur la campagne.
— Les aventuriers se séparent. — Vers le lac. — Sam et Joë
se sont acquittés de leur mission. — ?sage d'un troupeau
d'éléphants.

Quand les premiers rayons du soleil éclairèrent de
leurs reflets empourprés l'immense surface du lac,
les aventuriers se levèrent. Leur premier soin fut
d'examiner le village Oubisa où, la veille, ils avaient
été si chaudement accueillis.

Tous les riverains du lac semblaient s'y être donné rendez-vous. Partout on ne voyait que des guerriers tatoués et fraîchement peints d'ocre rouge, abrités sous leurs longs boucliers de peau de buffle, brandissant leurs lances et leurs sagaies, faisant ondoyer, dans leurs mouvements rapides, les longues plumes, les panaches de poil touffu qui ornaient leurs chevelures laineuses.

Le vent soufflait aux grandes épopées.

Au milieu de tout cela, les femmes, presque nues, le front ceint de plusieurs rangs de perles de « samé-samé », les pieds et les poignets chargés de brace-lets, d'anneaux qui cliquetaient comme des casta-gnettes à chacun de leurs mouvements, allaient tranquillement puiser de l'eau au lac, sans paraître se soucier des alligators étendus partout comme des troncs morts. On eut dit qu'un charme les protégeait contre les caresses fatales de ces monstres.

Les hommes semblaient délibérer.

— Diable! murmura Carpezac songeur à la vue de tous ces préparatifs belliqueux; je comprends par-faitement pourquoi les Vouabisa, hier, nous ont si galamment cédé la place. Peut-être n'étaient-ils là que pour nous attirer plus sûrement dans le piège? En tout cas, nous nous sommes mis dans de beaux draps...

— Et, j'ai beau me sonder et me resonder la « *pomme du mât* », ajouta Cornec qui, de toute la nuit, n'avait pas quitté l'entrée du village, je ne vois aucun moyen de se *déhaler* de là sans rien casser aux autres ni sans qu'ils ne nous cassent rien.

— Naturellement! dit Le Hir.

Carpezac eut un geste superbe.

— Nous n'en sommes pas rendus là encore, fit-il.

« Cornec, continua-t-il, fais sonner le réveil. Nos moricauds abusent par trop de notre patience ».

Mais le maître lui prit le bras.

— Regardez ! fit-il.

— Un nouveau parlementaire ! s'écria Georges en apercevant un homme, qui, seul, sans armes, un lambeau de cotonnade blanche à la main, s'avançait vers eux.

— Aux armes ! dit le Gascon en s'adressant aux matelots. Recevons-le ici, à la face de tous.

Cependant l'étrange parlementaire s'était approché. Ce n'était pas le même que le jour précédent. Son corps à demi-nu était effrayant de maigreur et eut pu servir dans un cabinet d'anatomie. Il portait aux oreilles, aux lèvres de grands anneaux de cuivre, et, chose qui le faisait reconnaître pour un esclave arabe, un turban crasseux s'enroulait autour de son front.

A quelques pas des aventuriers, il s'agenouilla et courba son front dans la poussière.

— Relève-toi, cria Carpezac à qui la vue d'un être si vil, si dégradé causait plus de dégoût que de pitié, et apprends-nous ce qui t'amène.

— Omar-ben-Khéira m'envoie à toi, magnifique...

— Ton maître accepte donc mes offres ; il vient à moi ?...

— Ben-Khéira reconnaît la loyauté du seigneur blanc et voudrait se rendre à ses désirs ; mais les Vouabisa redoutent les « maléfices » des grands magiciens « venus du fond de la mer » (1) et refusent de l'accompagner.

_____

(1) Voyez pour cette croyance superstitieuse des Africains, qui s'imaginent que les blancs « viennent du fond de la mer ». Le docteur Livingstone en parle dans tous ses ouvrages.

— Alors que veut-il ?

— Que le grand seigneur me suive ; je le conduirai près de Ben-Khéira.

— C'est une idée ! s'écria Carpezac. De cette façon, qu'il veuille ou non, il faudra bien qu'il parle...

— C'est un piége ! répondit Cornec, il veut vous tenir en son pouvoir, et là... dame, ça s'est vu...

Georges qui, à mesure que Carpezac et l'esclave parlaient, traduisait aux matelots, approuva d'un signe de tête.

Le Gascon fut frappé de cette remarque.

— Comment, puisque ton maître ne croit pas en moi, veux-tu que j'aie foi en ses paroles ? que je pénètre seul, sans armes, dans cette ville où il peut me retenir prisonnier ? dit-il.

— Le blanc pourra garder ses armes et se faire accompagner de dix hommes armés comme lui. Ce n'est pas dans le village que Ben-Khéira l'attend, mais dans cette maison isolée, la sienne, que tu vois d'ici.

Il y avait dans ces paroles une apparence de sincérité et de bonne foi qui frappa le Gascon.

— J'irai ! dit-il.

Les yeux du parlementaire lancèrent des éclairs.

En ce moment, Le Hir s'approcha de Carpezac, et lui dit quelques mots à l'oreille.

— C'est impossible ! s'écria le Gascon.

— C'est ce que je me suis dit dabord, naturellement ! Mais, après examen, pas mèche d'en douter... Les coquins se sont enfuis en escaladant les estacades ; par bonheur nos précautions ont empêché qu'ils emportassent les bagages.

— Voilà qui nous explique la présence de ce bandit à peau noire parmi nous hier. Il était venu débaucher nos hommes. Pas un mot ; je tiens mon plan.

Et se tournant vers le parlementaire.

— Dis à ton maître qu'il m'attende ; aujourd'hui ou demain, il aura de mes nouvelles. Mais que pas une flèche, pas un coup de fusil ne soit tiré, ou je romps la trêve. File...

Le parlementaire s'inclina encore aussi bas que terre, et se hâta de disparaître.

Il n'y avait qu'un cri dans le village.

— Les noirs se sont enfuis !

— Qu'importe ! dit Carpezac radieux. Qu'importe ! ce soir nous saurons ce que nous voulons savoir.

Et laissant deux sentinelles avec mission de ne pas perdre de vue la cohue hurlante, s'agitant aux abords du village ennemi, il entraîna tous ses compagnons dans la hutte du « Moutoualé ».

Une heure après, les matelots et les orphelins qui ne quittaient plus leur « père », s'occupaient à fabriquer, avec des fascines recouvertes de lambeaux d'étoffe et coiffées de chapeaux de liége comme en portaient les aventuriers, une vingtaine de mannequins.

Sam et Joë, se glissant comme des reptiles parmi les herbes et les bambous, étaient partis pour une mission secrète.

— Quand on pense, s'écria Cornec, que les moricauds vont prendre ces « poupées » pour nous !... Faut tout de même...

— Qu'ils soient bêtes ?... Naturellement !

— Bah ! reprit Cornec, je me suis laissé dire que, dans les temps, un farceur de voleur, nommé Gasparini, avait, tout seul de sa bande, mais « aidé » par une douzaine de bons hommes en cep de vigne, arrêté une diligence. Or, je suppose que ces coquins de Vouabisa, ne sont pas plus malins que ces braves bourgeois de la Provence, qui se sont ainsi laissés *mystiquer*.

La journée entière — une de ces belles journées des tropiques si parfumées si lumineuses — se passa dans ces préparatifs étranges. Quand vint la nuit, les « poupées » de Cornec furent placées un peu partout, à l'entrée du village, au-dessus des estacades, derrière les buissons. Pour rendre l'illusion aussi complète que possible, les plus apparentes furent armées de fusils, dont on avait eu soin de démonter les batteries.

Puis la petite troupe, chargée des bagages, sortit du village par une large brèche pratiquée dans les palissades.

La nuit était splendide, mais singulièrement agitée. Une brise folle, qui n'avait que peu à faire pour se changer en ouragan, tordait violemment les grands massifs de feuillage et arrachait aux joncs, aux roseaux, des plaintes, des vibrations étranges. Le ciel était noir comme une mer d'encre; pourtant, par moment, à travers les déchirures des nuages, glissaient des rayons étincelants qui semblaient briser leurs gerbes lumineuses sur la surface houleuse et écumante du lac.

Des oiseaux de nuit houhoulaient tristement.

Arrivés au lac, les aventuriers se séparèrent en deux bandes; l'une sous le commandement de Carpezac avec Le Hir pour lieutenant; l'autre sous celui de Georges avec Cornec pour second.

— Vous savez ce qu'il vous reste à faire? dit Carpezac en serrant la main de Georges.

— Parfaitement.

— Alors, je puis partir. Mais, si je succombe, il faut tout prévoir et la tâche est arduc, n'ayez qu'une pensée, eux !... toujours eux !... Périssez s'il le faut; mais u'abandonnez pas vos recherches.

— Vous avez ma parole.

Les deux hommes se serrèrent une dernière fois la main; puis, jetant leurs bagages, Carpezac et les siens, la main serrant convulsivement la crosse du fusil, l'œil fixé à dix pas comme le prescrit l' « *école du soldat* », se glissèrent au milieu des buissons odoriférants, des forêts d'arbustes aussi haut qu'un homme, et disparurent bientôt à tous les regards.

— Que Dieu les protége! murmura Georges.

Puis il siffla d'une certaine façon. Aussitôt les roseaux qui forment au lac une ceinture verdoyante s'écartèrent, et Joë et Sam se montrèrent aux regards des Européens.

— Eh bien? dit Georges.

— Tout est fait comme vous l'avez ordonné, maître.

— Ainsi, les canots?

— Attendent au bord du lac.

— En marche alors.

La petite troupe s'ébranla de nouveau; Georges en tenait la tête, puis venaient Cornec et un autre matelot, portant chacun un des enfants dans leurs bras ; Sam et Joë fermaient la marche.

Tout à coup, ils crièrent de s'arrêter.

Derrière les aventuriers, on entendait comme un sourd grondement qui faisait trembler le sol ; puis le bruit devint plus distinct, et on eut dit le roulement d'une batterie d'artillerie. Sam et Joë ne s'y trompèrent point, ce bruit étrange était produit par le

piétinement d'une troupe d'animaux puissants
hippopotames ou éléphants...

Sans qu'il fut besoin de l'ordonner, les hommes se
jetèrent dans les fourrés de bambous, enfonçant
jusqu'au genou dans le sol vaseux, retenant leur
souffle et tenant prêts leurs fusils. Quelques secondes
se passèrent ainsi; un trot lourd et cadencé devint
perceptible, et de grandes formes, vagues, indécises
sous la pâle clarté de la nuit, se montrèrent au bout
du sentier noyé d'ombre.

Les enfants, eux-mêmes, pressés dans les bras de
Cornec, n'osaient faire un mouvement.

La bande approchait.

C'étaient des éléphants; ils étaient au moins trente,
marchant à la file l'un de l'autre, folâtrant, s'arrêtant pour tordre une branche ou un roseau. Ils semblaient s'en remettre, pour leur sécurité commune, à
celui qui tenait la tête de la colonne. Humant l'air
du bout de sa trompe qui, chez ces animaux semble
tenir à la fois des cinq sens, agitant ses larges
oreilles, fier de l'honneur qui lui était fait, il avançait
avec prudence et circonspection, modérant parfois,
d'un coup bien appliqué, l'ardeur téméraire des
femelles et des jeunes éléphanteaux qui eussent
aimé se vautrer dans les taillis.

Jamais plus magnifique sport ne s'était offert aux
convoitises d'un chasseur. Mais, outre qu'un coup
de fusil pouvait attirer sur eux toute la bande, il
pouvait aussi donner l'éveil aux sauvages.

Les hommes se continrent.

Les monstrueux pachydermes disparurent bientôt
au bout du sentier. Quelques minutes après, on
entendait les roseaux ployer et gémir sous leurs

lourdes masses, le flot s'élever et bouillonner comme
au lancement d'un navire.

XV

Où l'on voit Carpezac se rendre au rendez-vous. — La demeure
du traitant. — Qui va là? — Où s'expliquent certaines choses.
— Pris au piège. — Moyen de forcer les langues rebelles. —
Ben K'-héira s'exécute. — La voie que suivent les blancs. —
Carpezac donne aux traitants une garde d'honneur. — Aux
abords du lac. — Plus de canots. — Un coup de feu. — Évasion du traitant. — Enlèvement d'une « Daou ». — Adieux des
indigènes.

Pendant ce temps, Carpezac et ses compagnons,
toujours ployés au milieu des buissons que secouait
la brise, rampaient plutôt qu'ils ne marchaient vers
une hutte isolée bâtie sur les bords du lac ; c'était
cette case que le parlementaire lui avait indiquée
comme celle du traitant.

Carpezac était fidèle à son rendez-vous.

Il se rappelait, en ce moment, que, craignant
pour leur liberté autant que pour leurs richesses, les
nègres accordent rarement l'hospitalité dans leurs
villages aux traitants de toutes sortes qui courent
sans cesse le pays ; il était donc sûr de trouver l'oiseau au nid.

Bientôt ils aperçurent distinctement la hutte découpant sa noire silhouette sur le ciel foncé. Quand
nous disions isolée, nous nous trompions : la hutte
était entourée d'une vingtaine de cases, basses,
délabrées, sentant l'infamie et la misère. C'était là

le parc où le traitant enfermait sa marchandise humaine.

— En avant, dit Carpezac avec une énergie terrible, en avant, l'heure est venue.

Les dix hommes, rampant comme des reptiles, eurent vite fait de traverser la courte distance qui les séparait de la hutte. Là, ils se relevèrent et le Gascon poussa résolûment la porte.

Un rayon lunaire, qui pénétra aussitôt par cette ouverture, lui montra le traitant et un autre Arabe couchés sur un amas de pelleterie, des jarres de « pommbé », des pipes, des fusils à portée de leurs mains.

Il se hâta vivement de fermer la porte après avoir laissé entrer ses compagnons.

A ce bruit, le traitant, subitement éveillé, se dressa sur son séant.

— Est-ce toi, Hasson? dit-il.

— Oui, *sidi !* répondit Carpezac en excellent arabe; les chiens de chrétiens se préparent à fuir, et...

— Par Allah! je les attendais là! Allume une torche et plante la au sommet de cette case, c'est le signal convenu avec les Vouabisa. Envoie aussi prévenir les hommes cachés dans les buissons du lac, qu'ils courent au-devant des maudits et leur coupent la retraite. Sur le Coran, il ne faut pas qu'ils nous échappent!...

— Et telle n'est pas leur intention, fit railleusement Carpezac qui, maintenant qu'il avait appris ce qu'il voulait savoir, jetait bas le masque; puisque les voilà devant toi...

— Trahison! s'écria le traitant en bondissant sur ses armes. Ibrahim! de la lumière!

Le deuxième Arabe alluma aussitôt une branche

de cirier qui répandit dans la hutte une clarté fu-
meuse mais suffisante.

— Un mot de plus, cher ami, et je te brûle la cervelle ! dit Carpezac en mettant sous le nez du traitant
les canons de ses deux revolvers. Çà, causons maintenant comme de vrais amis. Tu m'as fait appeler :
me voici !

Et comme le traitant, sombre, furieux, rugissant
dans l'étroite cahute comme un lion pris au piége,
ne répondait pas, le Gascon continua :

— Tu veux te taire ? à ton aise !... Mais il ne sera
pas dit que je perdrai ma peine. Nous connaissons
plus d'un petit moyen excellent pour délier les
langues rebelles.

Et se tournant vers ses hommes :

— Entourez-moi le crâne de ce gaillard avec un
solide bout de *cablot*, introduisez dans le nœud un
canon de pistolet, et serrez jusqu'à ce qu'il parle
ou.....

— Qu'il meure, naturellement ! dit Le Hir.

— C'est un bien triste expédient et qui me répu-
gne beaucoup, continua le Gascon ; mais comme
nous n'avons pas le choix des moyens, il faut passer
par là ou par la porte ! D'ailleurs ce sera pain béni
de te rendre, une bonne fois, toutes les tortures que
tu prodigues à tes misérables victimes.

Déjà Le Hir avait préparé la corde. Le traitant vit
bien que ces menaces n'étaient pas vaines; il frémit
à l'idée de ce supplice vraiment terrible que le
Gascon empruntait aux anciens boucaniers.

— Je parlerai ! dit-il d'une voix sombre ; mais me
garantis-tu la vie et la liberté ?

— Ta vie ne court aucun danger, ta liberté non

plus, quoique les circonstances peuvent exiger que nous te gardions quelques jours.

— Que veux-tu savoir?

— Des blancs ont passé par ici, il y a six mois environ. Etaient-ils nombreux?

— Cinq ou six tout au plus. Une soixantaine de noirs les suivaient.

— C'est bien cela! D'où venaient-ils?

— Du sud probablement, je ne sais au juste.

— Je sais, moi... Tu les as attaqués?... Pourquoi?

— C'était au moment du départ de mes sous-chefs pour Zanzibar; la campagne avait été mauvaise, j'avais besoin d'esclaves, et, comme les étrangers ne pouvaient acquitter le « mhonngo », j'ai persuadé aux Vouabisa de les attaquer : à eux les dépouilles, à moi les hommes... Les blancs eussent été respectés.

— C'est-à-dire que, après les avoir pillés et dépouillés, tu leur aurais généreusement concédé le droit de mourir de faim dans le désert. Pas mal imaginé! Malheureusement, les choses ont tourné autrement.

— Pourquoi me rappeler cela? rugit le traitant dont le regard s'incendia, dont la face noire devint verdâtre. Mais je me vengerai! je l'ai juré par la barbe du prophète!...

— Parce qu'ils se sont enfuis à la tienne? Et c'est sur nous que tu voulais passer ta rage... merci! Une dernière question. Sais-tu où sont ces hommes?.

— Ils s'étaient dirigés sur le Tanganyika. Une nouvelle attaque les a forcés de se replier à l'ouest. Sans nul doute, en ce moment, ils sont au Moëro.

— Tu le jures?

—Vous me tenez en votre pouvoir ; un mensonge pourrait me perdre.

—Tu as raison. Maintenant, explique-moi ce que tu as fait des hommes que tu m'as débauchés ?

— Ce matin, il sont partis pour la côte.

Carpezac et Le Hir s'entretinrent un moment à voix basse ; puis, revenant vers le traitant, le Gascon reprit :

— Merci de tes renseignements, Ben-Khéira, ils me seront très-utiles. Mais, comme tu pourrais nous tromper, ameuter contre nous les riverains du Banngouéolo, souffre que nous te donnions une garde d'honneur. Si tu te conduis bien, je te donne ma parole que ta captivité sera de courte durée, autrement...

Le bruit sec d'un ressort de revolver qu'on armait fut le complément significatif de cette phrase.

Ben-Khéira et Ibrahim courbèrent silencieusement la tête.

La petite troupe, les deux Arabes étroitement surveillés au centre, quitta la hutte et gagna les abords du lac avec les mêmes précautions qu'elle avait prises pour venir. Une heure ne s'était pas écoulée que les deux bandes avaient opéré leur jonction.

— Succès complet ! s'écria Carpezac en serrant la main que lui tendait Georges. Maintenant, aux canots et en route !

— Plus de canots ! dit Georges tristement.

On se le rappelle, au moment où ils allaient atteindre le lac, nos aventuriers avaient été dépassés par une troupe d'éléphants. Déjà ils s'applaudissaient d'en avoir été quittes pour la peur quand la clarté de la lune leur montra leur désastre dans toute son étendue : les canots, si péniblement conquis, avaient été écrasés, broyés, sous les pieds des pesants pachydermes.

— Que faire? s'écria Georges avec désespoir.

Un coup de feu, une exclamation de rage et de colère lui répondirent seuls. Ben-Khéira et son complice, profitant de la stupeur dans laquelle l'annonce de ce désastre jetait les aventuriers, avaient réussi à déjouer toute surveillance et à se glisser dans les bambous.

— Cette fois, murmura Georges avec accablement, tout est bien perdu! Malédiction! tout nous manque à la fois... Plus de canots!... et ces misérables vont ameuter contre nous ces hordes de bandits et de pillards!...

— Non! s'écria Carpezac, il nous reste l'appui de Dieu. Ecoutez-moi. C'est en enlevant une « Daou » que nos amis ont pu s'enfuir... Et bien! il en reste une deuxième à l'ancre devant la demeure des mécréants... qu'elle serve à notre salut...

— Hurrah! s'écrièrent les hommes électrisés.

— Que dix d'entre vous restent à la garde des bagages et des enfants, et que le reste me suive, commanda encore le Gascon.

Cette fois, dédaignant de se cacher, la petite troupe s'élança au pas de charge, la baïonnette au bout du canon. Soit que les traitants eussent été obligés de faire un détour, soit qu'ils eussent préféré aller semer l'alarme au village — nous le saurons bientôt — les aventuriers arrivèrent les premiers. La « Daou » était là à l'ancre, mais fort éloignée du rivage.

— A l'eau! les frères, la côte! s'écria Cornec, et *enlève-moi* ça à l'abordage.

Et donnant l'exemple, il s'élança le premier; mais

il n'avait pas fait trois pas qu'il recula effrayé : de toutes parts surgissaient des têtes hideuses, des mâchoires ouvertes en équerres et montrant des dents blanches et aiguës comme des lames de scies. Les crocodiles se liguaient au nègre contre les Européens.

Heureusement, à quelques pas de la demeure du traitant s'élevait un magnifique bouquet d'arbres géants étendant leurs branches presque horizontales et enguirlandées de lianes au-dessus du lac et de la « Daou », Cornec avait l'œil marin : le premier il grimpa le long de ces arbres, et, son poignard entre les dents, se suspendit aux lianes et se laissa tomber sur le tillac de la barque.

Deux hommes se levèrent effrayés, et voulurent s'élancer sur le maître. Cela ne faisait pas l'affaire de Cornec ; il étreignit son premier adversaire à la gorge, le roula sur le pont et essaya de le garrotter ; mais l'autre l'enlaça par derrière, et une lutte s'engagea dans la quille ; Cornec, malgré sa bravoure, n'avait pas l'avantage.

— Tiens bon, matelot ! cria une voix bien connue, je vas te donner un coup de main... Naturellement !

Et une ombre glissa rapide le long des lianes et s'abattit sur le pont (1). Une autre la suivit, puis une autre encore. Quelques minutes après tous les Européens étaient à bord.

— *Dérape* (2) et aux avirons ! cria Georges.

L'ordre fut vivement exécuté ; les matelots saisirent les longs avirons et la « Daou » silencieuse et

(1) On sait que l'arrière seul est la partie de ces barques qui est pontée.

(2 Déraper veut dire lever l'ancre.

rapide comme un fantôme naviguaivers le point de la côte où on avait laissé une partie des hommes et des enfants.

En un clin d'œil ils embarquèrent.

La « Daou », alors, put déployer sa longue voile, et s'aidant encore de ses avirons, fuir à toute vitesse dans la direction du nord.

Il était temps !

Les abords du lac se couvraient d'une foule hurlante, menaçante, terrible. Pour mieux éclairer la scène, des taillis entiers avaient été incendiés, et, au milieu de ces lueurs sinistres, effrayantes dans la nuit, les guerriers, brandissant leurs armes, courant, s'agitant, ressemblaient plus à des démons vomis par l'enfer qu'à des créatures humaines.

— Au revoir, matelots ! cria Cornec.

XVI

La fuite. — Les îles du lac. — Les flèches incendiaires. — La voile en feu ! — Coupe ! — Tempête. — L'île de Mpabala. — La barque s'échoue. — A terre. — M' Koualé. — La case des étrangers. — Paternité. — « Paul » et « Virginie ». — Une nuit dans l'île.

L'intention des aventuriers était de traverser le lac qui peut avoir de trente-huit à quarante lieues de large sur cinquante ou soixante de long, et qui contient de nombreuses îles, dont les plus importantes sont Mpabala, Tchiribi, Kisi, Moëzia, etc.

Carpezac, qui, on s'en souvient avait voyagé dans cette région avec des marchands d'esclaves (1),

(1) Voyez le Zambèze.

donnait la route à Georges qui avait pris la barre ;
au besoin, on pouvait employer Ben-Claouk et Abou-
Azer, le pilote et le matelot de la « Daou » ; leur
sûreté dépendait des renseignements qu'ils pouvaient donner.

La brise était rude, comme nous l'avons dit plus
haut, et s'engouffrait avec force dans la large voile,
et la barque, couchée sur le flanc de tribord, se
creusait un profond sillon dans les flots tourmentés.

Les vieux loups de mer, Cornec et Le Hir, pré-
voyaient un « coup de tabac ».

Sur la rive, les Arabes et les Vouabisa, se déme-
naient et s'agitaient au milieu des flammes ; l'incendie allait toujours en augmentant et ses immenses
reflets teignaient en rouge le ciel et les eaux.

— Courage, matelots ! s'écria Carpezac en pressant les hommes qui, pour accélérer la marche du
petit navire, avaient saisi les avirons. Courage ! la
bourrasque ne peut tarder et les coquilles de noix
des sauvages ne sauront lui résister...

Il n'avait pas fini qu'un éclair rapide traversa les
ténèbres et vint tomber sur le pont de la « Daou » ; un
deuxième lui succéda, puis un autre, un autre, un
autre encore ! On eût dit, tant ils étaient pressés, ces
masses de fusées volantes qui couronnent tout le feu
d'artifice bien entendu et qu'on a appelées du nom
caractéristique de « bouquet ».

— Mille millions de milliasses ! dit Cornec ; nous
flambons !...

— Et le feu ne cesse pas ! répondit un matelot.

— Coquins ! si nous avions nos mitrailleuses !...

Mais les Vouabisa se riaient de ces vaines menaces, de ces colères impuissantes, et leurs flèches,
garnies de coton enflammé, grâce à l'huile de palme

dont il était imbibé, continuaient de voler, secouant dans l'air une pluie d'étincelles.

C'était Ben-Khéira qui, le premier, avait trouvé cette idée ingénieuse.

— De l'eau! de l'eau! dit Carpezac avec autorité, et que chaque flèche soit noyée aussitôt qu'elle touchera le pont. Vous, garçons, de l'énergie et que chaque seconde augmente la distance qui nous sépare de ces démons... Une fois hors de portée nous serons sauvés...

L'eau, heureusement, ne faisait pas défaut; des hommes armés de seaux inondaient sans cesse les planches du petit navire.

Une nouvelle complication vint rendre plus terrible encore cette situation déjà désespérée.

La voile flambait!... déjà les flammes gagnaient le mât qui, fait d'un bois excessivement sec, s'embrasa bientôt comme une allumette...

Coupe!... coupe! s'écria Georges, de cette voix hardie et vibrante qui sait donner les clameurs des éléments.

Les hommes avaient déjà saisi les haches; le bois craqua, les cordages furent tranchés et le mât, supportant encore la voile embrasée, s'abattit sur le côté. La tourmente s'en empara aussitôt et les aventuriers virent avec effroi cette large nappe enflammée se tordre, se déployer et s'enfuir au loin comme un oiseau gigantesque aux ailes de feu...

La tempête s'était déchaînée rauque, hurlante, échevelée; le navire, abandonné à lui-même était secoué comme un tronc inerte sur les eaux en fureur. Le lac était peu profond, ce qui aggravait encore le péril, car, par moment, la « Daou », descendant avec une rapidité vertigineuse au fond des abîmes que creusait la rafale, talonnait de sa quille le sable grossier qui forme le fond du Baungouéolo...

Aux traits de feu produits par les flèches incendiaires succédaient des éclairs plus redoutables encore, aux grondements des flots, aux rugissements des vents, des éclats sauvages et métalliques que répercutaient les échos de la nuit.

Cependant les aventuriers n'avaient pas perdu courage.

La tempête les connaissait, ces vieux loups de mer ! Cette fois, c'était une alliée qui les sauvait des flèches des sauvages.

Pelotonnés au fond de la chambre ménagée sous le tillac, les deux orphelins pleuraient en joignant instinctivement leurs petites mains.

— Allons, du cœur, *vivadiou !* s'écria le Gascon. Empoignez-moi ces avirons et nagez ferme, autrement nous risquons de boire notre dernier bouillon ! Du courage, *mordioux !* l'homme est fait pour commander aux éléments !

— Oui, dit Georges avec confiance, Dieu, qui nous a protégés jusqu'à ce jour, ne permettra pas que nous succombions quand nous avons enfin l'espérance de les revoir !...

Les matelots ne répondirent pas ; mais animés du même courage, tout l'espoir est communicatif, ils appuyèrent de toutes leurs forces sur les lourds avirons, et chaque éclair blafard qui sillonnait les cieux leur montrait le terrain qu'ils gagnaient en dépit de la tempête.

La nuit s'écoula ainsi, lente et ne ménageant aux infortunés aucune souffrance, aucune angoisse. Quand le jour parut, ils s'aperçurent, tant le souffle qui les poussait avait été impétueux, qu'ils n'étaient plus qu'à un mille à peine de l'île de Mpabala, du moins de celle que Ben-Chaouk désignait comme telle.

Couverte de ses verts pâturages, de ses arbres géants que courbait la tempête, l'île apparut aux malheureux voyageurs comme un séjour délicieux.

Le difficile était d'y aborder, car les vagues battaient un ressac terrible et s'élevaient en montagnes liquides formant autour de l'île une ceinture plus menaçante que des écueils. Pourtant, il n'y avait pas à hésiter : la « Daou », désemparée, se plaignant de toutes ses membrures, n'avait tenu jusque-là que par un miracle ; vouloir compter plus longtemps sur elle, c'était folie.

— Crevons la barque, mais arrivons! dit Carpezac; mais arrivons !

— Hum !... dit Cornec, crever la barque n'est pas bien difficile ; mais arriver, c'est autre chose...

On était plus qu'à quelque emcâblure de l'île. En voyant ce navire battu des vents, sans mâts, sans voiles, glisser sur les eaux comme un goéland blessé, les insulaires s'étaient précipités sur la plage.

— Attention, vous autres ! cria le maître, et halez en douceur.

En même temps, il balança dans ses mains un rouleau de corde et le lança au-devant de lui, avec cette adresse du matelot qui manque rarement son but. La corde fendit l'air en sifflant, se déroula et vint tomber sur le rivage.

— Attrape à crochet ! cria encore Cornec.

Les paroles ne furent pas comprises, mais l'intention le fut. Deux noirs se précipitèrent sur la corde avant que le flot l'ait balayée de nouveau et coururent l'enrouler autour du tronc d'un palmier.

6

Comme il n'y avait pas de cabestan à bord, les matelots saisirent la corde à pleine main et se mirent à haler avec ensemble et vigueur. La «Daou » approchait rapidement, bientôt on entendit le grincement du sable sous la pression de la quille, et, une énorme vague, venant au secours des matelots, empoigna le navire par l'arrière et le poussa au loin.

— Echoué! cria Cornec.

La barque se trouvait presqu'à sec. Les hommes, Cornec et Le Hir, portant chacun un enfant sur l'épaule les premiers, Georges et Carpezac les derniers, prirent pied sans craindre de se mouiller et gagnèrent rapidement le haut de la plage.

Les insulaires les regardaient avec surprise ; leur contenance était plutôt sympathique qu'hostile.

Déjà Carpezac et Sam étaient en pourparler avec le chef de l'île, grand gaillard à l'apparence athlétique, au visage noirci encore par la fumée de sa forge, pendant que Georges et les matelots contenaient Abou-Azer et Ben-Chaouk.

Le chef, M'Koualé, ne paraissait pas surpris de la présence des blancs. Pour lui, comme pour ses compatriotes, les grands magiciens « qui vivent au fond de la mer» avaient tous les pouvoirs; seulement il voulait connaître le but de leur visite.

— Est-ce pour acheter des esclaves? demanda-t-il.

— La religion des blancs leur défend ce commerce infâme! répondit Georges.

M'Koualé, regarda les deux négrillons, et eut un hochement de tête qui voulait dire bien des choses.

— Du cuivre?... de l'ivoire ? reprit-il.

— Non, dit Georges, nous cherchons des compatriotes, des blancs comme nous qui, il y a quelques temps, à la suite d'une bataille avec les Arabes, ont dû traverser le lac.

— Je n'en ai pas entendu parler, dit encore M'Koualé ; mais c'est possible.

— Ah ça ! interrompit Cornec, on grelotte ici ! si « messieurs » les sauvages, qui n'ont rien à mouiller... que leur peau, trouvent agréables ces douches glacées, moi je déclare que j'en ai assez... et les mioches aussi.

— Naturellement, matelot.

Ces paroles ramenèrent les aventuriers à la réalité ; ils demandèrent à M'Koualé l'hospitalité dans une de ses cases, et celui-ci, sur la promesse d'une bonne récompense, se décida à les conduire dans l'asile réservé aux étrangers.

— Je vous aurais bien donné ma propre case, dit-il, mais il eut fallu en chasser mes femmes, et j'en ai six ! acheva-t-il avec orgueil.

Quelques instants après, les aventuriers étaient installés dans une vaste case autour d'un bon feu brûlant au centre et lançant ses tourbillons de flammes et de fumée par une étroite ouverture, pratiquée au sommet de la toiture.

Puis arrivèrent des esclaves portant des volailles, de grands paniers pleins de millet et de racines de manioc, des jarres de « pommbé » et quelques lambeaux de viande à peine faisandée. Avec ces éléments si hétéroclites, si peu faits pour des palais européens, les matelots composèrent un joyeux souper ; on rit, on babilla, on examina et commenta les évènements des jours précédents et de la nuit, de mille façons.

Tant qu'à Cornec, ses « enfants » sur ses genoux, avec la patiente bonté d'un « père » véritable, il se

laissait tirer les oreilles et les cheveux, appeler
« papa » à tout bout de champ, car, pour le moment,
ce mot résumait, pour les pauvres orphelins, toute
la langue française.

Mais ce n'était pas tout, en attendant qu'un bap-
tême véritable les fit chrétiennes, il fallait un nom à
ces intéressantes créatures. Après un long conciliabule,
dans lequel Cornec et Le Hir mirent en commun
tout ce qu'ils possédaient de littérature, la fillette
fut appelée « Virginie » et le négrillon « Paul ».

— C'est de couleur locale, conclut le maître d'équipage.

— Naturellement ! répondit Le Hir.

Donc, après ce long et intéressant débat, « Paul »
et « Virginie », « Virginie » et « Paul » furent solen-
nellement présentés à la troupe qui les adopta pour
ses enfants.

— Allons-nous coucher ! dit alors Le Hir.

Une heure après, sans souci des épreuves terribles
qu'ils venaient de traverser, de celles qui, sans doute
les attendaient encore, les aventuriers ronflaient
comme des toupies d'Allemagne, sauf pourtant les
sentinelles, qui veillaient à la fois sur les environs et
Ben-Chaouk et Abou-Azer, dont il fallait se défier.

XVII

Détails sur Mpabala et ses habitants. — Industrie locale. — On
répare la « Daou ». — Occupations de Le Hir et de Cornec. —
Adieux à l'île. — « Paul » et « Virginie » en grande tenue. —
Traversée du lac. — Où Ben-Chaouk et Abou-Azer refusent
la liberté. — L'Oubemmba et ses habitants. — Marais. — Où
la question des lacs est remise sur le tapis. — Ce qu'il reste
d'une mer intérieure. — Toujours au nord.

L'île de Mpabala est habitée par une population
active et industrieuse, n'ayant pour ainsi dire du
nègre que la couleur. Les hommes sont forts et bien
découplés, les femmes gracieuses et admirablement
proportionnées. Tous ces nègres sont occupés du
matin au soir : les uns forgent le fer, construisent des
canots; les autres fabriquent des filets, des harpons
pour la pêche, battent l'écorce humide qui constitue
la majeure partie de leurs vêtements, font des poteries, etc...

Les femmes, outre les soins et l'allaitement des
enfants, les occupations du ménage, les aident dans
ces différents travaux.

Rien n'est plus curieux qu'une de ces réunions de
travailleurs par une de ces belles journées des tropiques, où la nature entière est en fête. Hommes et
femmes sont mêlés, les uns accroupis sur leurs
talons, les autres nonchalamment allongés sur le
sol, et, pendant que les doigts s'agitent, que les
pipes lancent au ciel leurs bouffées de fumée, les
langues ne restent pas oisives, les cancans, sur un

tel ou une telle, qu'accompagnent d'immenses éclats de rire, vont leur train avec la rapidité d'un *express*...

Il n'est de femmes sur toute la terre aussi cancanières que le nègre.

Ce qui se fabriquait d'étoffe d'écorce dans l'île était prodigieux. Pourtant les naturels n'en étaient pas plus vêtus : une coiffure excentrique, beaucoup d'anneaux, de bracelets, de colliers, des quantités de perles rouges ou bleues, quelques lignes de tatouage, voilà les seuls luxes qu'ils se permettaient.

Nous en exceptons les grands qui, là, comme partout, trouvent toujours moyen d'avoir leurs aises.

M'Koualé, ou Mpabala comme on l'appelait aussi, satisfait d'une pièce de cotonnade rouge et bleue, d'un kilogramme de perles grosses comme des œufs de pigeons et de quelques rouleaux de fil-d'archal, s'était, lui et les siens, complétement mis à la disposition des aventuriers.

— Que dirait-il, le pauvre homme, s'il savait que nous venons de rosser d'importance ses meilleurs amis ? disait Georges.

— Mais il ne le saura pas ou, quand il le saura, nous serons loin déjà, répondit Carpezac. Le temps est trop horrible pour qu'un canot, si solide qu'il soit, ose traverser le lac.

— Nous en avons pour un ou deux jours d'inaction forcée. Que faire ?

— Réparer la « Daou », car, je l'espère, vous n'avez pas renoncé à notre œuvre. Les renseignements de Ben-Khéira sont précieux ; nos amis, en ce moment, sont en route pour le Moëro. Braves compagnons ! quelle doit être leur détresse ! Enfin, quinze jours, un mois sont bien vite passés, surtout quand

on espère... Oui, espérons, cette fois nous réus-
sirons.

— Mais cette barque n'est pas à nous ?

— Sots scrupules, Georges ! comment pouvez-vous
vous arrêter à de telles pauvretés ? Nous prenons le
navire de ce bandit ; mais ne nous a-t-il pas pris
nos hommes ? ne voulait-il pas prendre nos exis-
tences ? Croyez-moi, c'est de bonne guerre. D'ailleurs, une fois sur l'autre rive, qui empêche que nous
ne lui renvoyions sa barque avec les deux scélérats
que nous avons pris avec elle ?

La chose ainsi décidée, des hommes furent loués
à M'Koualé pour amener le navire, qui avait beaucoup souffert de la tempête à l'abri des vagues. Les
matelots se connaissaient assez en charpentage pour
pouvoir le réparer promptement. Pendant qu'ils s'y
occupaient, les insulaires abattaient et taillaient un
jeune palmier pour remplacer le mât brisé, et les
femmes, sous la direction de Georges, réunissaient
et cousaient de larges bandes d'écorce en forme de
voile.

Seuls, Cornec et Le Hir, ne prenaient point part à ces
travaux. Une occupation plus importante les retenaient dans la hutte, où personne, sauf « Paul » et
« Virginie », n'était admis.

On entendait parfois les chuchotements du maître
d'équipage et les « naturellements ! » de son matelot ;
mais, c'était tout.

Georges et Carpezac parurent tout ignorer.

Le jour suivant, les réparations à la coque étaient
terminées, le mât et la voile mis en place. On s'oc-
cupa alors de renflouer le petit navire, chose facile,
grâce au nombre de bras dont on disposait, et le
départ fut annoncé.

Le temps était sombre et menaçant encore ; le lac, fouetté par les rafales, soulevait des vagues énormes et frangées d'écume ; mais le vent tombait sensiblement, et la navigation, quoique extrêmement périlleuse pour les pirogues des indigènes, semblait possible pour la « Daou ».

Les vivres embarqués, M'Koualé et les siens remerciés et généreusement payés de leur accueil affectueux, les matelots grimpèrent à bord. On attendait plus pour partir que l'arrivée de Cornec.

Enfin, il parut.

Un cri de surprise s'échappa de toutes les poitrines.

Le maître, grave, sérieux, avançait lentement, flanqué de « Paul » à bâbord, de « Virginie » à tribord. Les deux négrillons étaient méconnaissables : ils étaient « habillés ! » « Virginie » d'une robe blanche qui n'avait qu'un défaut, celui de trop ressembler à un sac ; « Paul », d'un costume complet de matelot : chapeau de paille, ceinture rouge, pantalon blanc, petite veste et grand col bleu.

Les souliers seuls manquaient.

Le tout était trop grand naturellement ; mais les enfants avaient bien le temps de grandir.

— Embarquez, « Monsieur » et « Mademoiselle ! », dit le brave Cornec dont le visage rayonnait.

— Quel chef-d'œuvre ! murmura Carpezac en riant aux éclats : ils ont l'air de singes savants...

Naturellement ! dit Le Hir.

— Et c'est pour cela que le brave homme se cachait comme un malfaiteur ! fit Georges tout attendri.

La dernière amarre fut larguée, la brise gonfla la voile d'écorce, et le petit navire, donnant une légère bande à bâbord, glissa rapidement sur les flots encore agités.

Bientôt l'île de Mpabala et son gracieux souverain se noyèrent dans le vague ; mais d'autres sites, d'autres rivages apparaissaient sans cesse à l'avant, aux côtes de la petite barque.

On avait décidé qu'on ne s'arrêterait plus nulle part ; aussi le cap, mis au nord fut rigoureusement maintenu. Le lendemain, dans la matinée — on avait voyagé toute la nuit — le rivage dessina des courbes nombreuses, ses plages basses et marécageuses tout encombrées d'une riche et puissante végétation.

On était arrivé.

Georges dirigea la « Daou » vers une petite anse qui paraissait déserte.

Une heure après tout le monde était à terre.

— Vous êtes libres maintenant, dit Carpezac aux hommes du traitant. Partez et dites à votre maître que les blancs lui souhaitent le bonsoir.

Mais, au lieu d'obéir, ils se jetèrent à genoux.

— Emmène-nous, murmurèrent-ils : Beu-Khéira nous tuerait.

— Qui ramènera la barque ? dit Carpezac indécis ; car il comprenait que les craintes des pauvres diables n'étaient pas vaines.

— Les traitants sauront bien la retrouver.

— Soit ! mais n'oubliez pas que, dès ce moment, vous m'appartenez et que je saurai punir toute trahison...

— Nous serons tes esclaves, dirent-ils en baisant les pieds de l'aventurier.

On se mit immédiatement en marche. Les hommes suffisaient au transport des misérables bagages ;

chacun en avait pris sa part, « Paul » et « Virginie »
comme les autres. Les deux négrillons portaient
leurs petits paquets sur la tête suivant la mode
africaine; on ne put les leur arracher, malgré les
efforts de Cornec qui leur représentait gravement
qu'un « monsieur » et surtout une « demoiselle » ne
pouvaient avoir de telles façons.

Le pays que l'on traversait, l'Oubemmba, n'était
d'abord qu'une suite de plaines inondées où les aventuriers s'enfonçaient souvent jusqu'aux aisselles.
L'humidité constante du sol, les exhalaisons pesti-
lentielles qui s'en dégageaient étaient un véritable
foyer de fièvres auxquelles, malgré les secours de la
quinine, il était bien difficile d'échapper. La végétation, splendide, magnifique, avait pourtant ce
caractère étrange particulier aux basses terres; à
part quelques exceptions, les plantes, au lieu de
s'élever, couraient, rampaient, cachant sous leurs
feuilles larges et lustrées les fondrières, les marais
les plus périlleux.

Pour comble de bonheur, la saison des pluies était
revenue; des ruisseaux se formaient partout; les
innombrables rivières qui arrosent cette partie du
continent africain débordaient le leurs lits et couvraient de vastes espaces : on eut presque pu voyager
en canot (1).

Néanmoins on marchait plein de confiance vers ce
lac Moëro où devaient fuir toutes les déceptions ; on

(1) Pour plus de détails sur cette contrée vraiment curieuse,
il faut lire le dernier journal de Livingstone. Le savant
docteur voit dans cette contrée inondée, qui s'étend au nord du
Banngouéolo et qu'il appelle une « éponge terreuse », les
sources du Nil, du Congo et du Zambèze.

barbotait gaiement, on traversait dans des canots ou à gué, ayant souvent de l'eau jusqu'aux épaules, les nombreuses rivières qui arrosent le pays, affluents de la Lipochosi, de la Louonngo, ayant, à droite, la Lofou; à gauche, la Louapoula; devant soi le Kalounngosi, qui se divisaient encore en une infinité de branches.

C'était la région des eaux.

— Je n'y comprends rien, disait Cornec à qui Carpezac expliquait le système pluvial et lacustre du pays. Ainsi nous avons le Banngouéolo au sud, le Nyassa et le Chiroua au sud-est; le Moëro en face de nous; le Kassali et le Kamolonndo plus à l'ouest; le Tanganyika à notre nord-est; mais c'est prodigieux!...

— Ajoute encore, coupés par l'équateur, les deux magnifiques lacs Albert et Victoria-N'yanza, immenses réservoirs, s'ils ne sont les sources même du Nil.

— Pourquoi, s'ils ne sont.

— Parce que le Tanganyika pourrait revendiquer l'honneur de donner naissance à ce fleuve fameux autrefois, plus fameux encore de nos jours. Monsieur Caméron a affirmé avoir trouvé l'émissaire du Tanganyika, qui passait pour n'en point avoir. Monsieur Stanley, au contraire, dit que le lieutenant Caméron a simplement découvert « ce qui sera un jour l'émissaire du lac ».

— Quelle quantité d'eau douce ! continua le maître. Et l'Afrique peut contenir tout ça... sans compter les fleuves !...

— L'Afrique en a contenu bien d'autres ! fit le Gascon en souriant. Bien des lacs existaient autrefois qui sont aujourd'hui complètement desséchés,

sort qui menace probablement plusieurs de ces
nappes d'eau dont nous parlons.

— Quoi, il se pourrait que dans un temps donné
tout cela disparût!... Diable, il sera bigrement altéré
celui qui les sèchera !

— Celui-là, mon bon, c'est le soleil ; ajoutons que
la terre l'aide bien un peu.

— Je crois bien !... Et vous dites qu'il existait
d'autres lacs?

— On le dit, ou plutôt, on affirme que — il y a bien
les siècles sans doute — toute cette région n'était
qu'une mer immense ; une mer intérieure. Maintenant, figure-toi, soit une immense déchirure dans le
sol par laquelle les eaux se sont écoulées, soit un
soulèvement gigantesque de collines et de montagnes émergeant de tous côtés à la fois, refoulant le
flot, ouvrant des gorges par lesquelles se sont précipités des torrents, des rivières, réunis ces deux
cataclysmes en un seul si tu veux, et tu compren-
dras que, là où il existait une mer, il peut bien ne
rester que des lacs.

— C'est vrai... murmura le maître d'équipage en se
grattant l'oreille ; mais ce qui est vrai...

— Après ?...

— N'est pas toujours véridique.

— Tu as raison, matelot, ce ne sont tout au plus
que des probabilités

— Naturellement ! dit Le Hir qui n'avait pas compris un traître mot.

La conversation se trouva close ainsi, et on se mit
en route avec un nouveau courage.

L'espérance de sortir de ce terrain inondé et de
gagner bientôt les hautes terres du nord, faisait que
personne ne sentait ni se plaignait de la fatigue.

Les oiseaux aquatiques, fort nombreux, les gazelles, les antilopes et parfois les hippopotames et les éléphants se rencontraient presqu'à chaque pas. Avec cela et les grains et les fruits qu'on achetait aux indigènes, on n'avait pas à craindre de mourir de faim.

Le terme des épreuves semblait enfin venu.

XVIII

Les forêts. — Villages et traitants. — Le Lonnda. — Kassemmbé. — Passage de la Louonngo. — Chaînes de collines et épaisses forêts. — Beautés et inconvénients du pays. — Misérable équipage. — Où Cornec s'étonne de la quantité de mutilés qu'on voit par les chemins. — Despotisme sanguinaire des Kassemmbés. — Le Kalonngosi. — Le printemps africain. — Le lac Moëro. — Aspect. — La hutte de pêcheurs. — Déception.

On marchait depuis quelques jours et les marais semblaient interminables. C'était à peine si, de loin en loin, on rencontrait quelqu'éminence, quelques collines isolées qui, pourtant, faisaient pressentir le voisinage de ces montagnes qui traversent toute la région comprise entre le Moëro et le Tanganyika. La végétation aussi devenait plus riche, plus puissante ; aux taillis, aux savanes herbeuses succédait déjà la jungle : bientôt on entrerait dans les forêts.

On voyait aussi de nombreuses cases qui, se réunissant, formaient de beaux villages protégés contre les maraudeurs par de hautes murailles de pieux, ou, tout simplement, des plantations d'euphorbes épineux, aussi efficaces, aussi difficiles à franchir que les plus solides estacades.

Les traitants arabes multipliaient leurs stations, résidaient auprès des chefs les plus importants. Quelque besoin d'aide qu'eussent parfois nos amis, ils se souvenaient de Ben-Khéira, et cela seul suffisait pour leur enlever toute envie d'entrer en communication avec les traitants arabes.

Bientôt on quitta le pays de Bemmba pour entrer dans le Lounda, dont la capitale est Kassemmbé, résidence d'un chef puissant et qui semble commander à toute la région. Chaque chef d'ailleurs possédait le droit de haute et de basse justice comme le prouvaient les ossements, les crânes blanchis et hideux s'élevant, trophées sinistres, à l'entrée de chaque village important.

Malgré leur bravoure, nos amis tremblaient, non sans raison, qu'un pareil sort ne leur fut réservé.

Heureusement, les indigènes occupés de leurs semailles, de leurs boutures de tabac et de manioc, parurent ignorer leur présence dans le pays.

Le huitième jour après leur départ du lac, ils passèrent la Louonngo, sur un pont de plus de soixante mètres de long, car les bords inondés de la rivière en doublaient la largeur, et atteignirent bientôt la chaîne de collines qui, venant du nord, suit presque parallèlement le 27e degré de longitude jusqu'au 10e de latitude, et là, se repliant brusquement, presqu'à angle droit, court à l'est pour se replier encore à plus de trois degrés plus loin et remonter au Tanganyika.

— Enfin! s'écria Cornec, on peut respirer ici, faire résonner le sol sous son talon sans craindre, à chaque instant, qu'il s'ouvre et vous engloutisse comme

une trappe de théâtre? Vrai l mieux vaut la montagne
que la plaine.

Le matelot avait raison, le site était charmant. Les
aventuriers suivaient la base des collines couvertes
de forêts où poussaient, mêlés, enchevêtrés, les arbres
les plus grands, les plus magnifiques, les plus petits.
Des buissons chargés de fleurs, de grappes semblables à de l'ambre ou à du corail, des fougères arbo_
rescentes d'un vert pâle, des mousses couvraient les
rochers. Des tamarins, des banians, des figuiers se
voyaient au bord des ruisseaux ; plus loin des
ébéniers, d'autres arbres aux feuilles rouges ou
brunes, des massifs d'acacia, des tecks, des mpafous
balançaient à toutes leurs branches des nids suspendus aux lianes. Parfois ils étendaient leurs rameaux
en voûtes impénétrables ; parfois, au contraire, ils
laissaient à découvert d'immenses espaces, où, sortant de l'ombre, on voyait ruisseler le soleil, où les
sources, tombant comme des cascades du haut des
rochers de grès rouge, semblaient de capricieux
rubans d'argent, pailletés de poussière d'or.

Malheureusement, ces forêts si bien faites pour les
idylles champêtres étaient en réalité infestées de
fauves, lions, léopards, tigres, panthères ; de serpents, de vipères à la morsure si terrible qu'il est
impossible d'y apporter remède, et surtout d'horribles fourmis. Malheur à celui qui s'endormait à
l'ombre d'un arbre : des millions de vampires
altérés de sang le réveillait bientôt, et il n'avait
d'autre ressource que de s'aller jeter dans le premier
cours d'eau, au risque de se trouver nez à nez avec
un crocodile ou un hippopotame.

Par bonheur on approchait du Kalonngosi, et, une

fois là, bien peu de chemin restait à faire pour atteindre le lac.

Ils y arrivèrent trois mois après avoir quitté le Banngouéolo. Leur marche n'avait guère été rapide, obligés qu'ils étaient à de nombreux détours pour éviter les principaux villages, où leur équipage des plus piteux n'eût pas manqué d'exciter mille commentaires. Des blancs, chargés comme des esclaves! cela ne s'était jamais vu, c'était une marque de faiblesse, d'indigence même, et les Africains, habitués à craindre, à respecter les blancs, qui n'apparaissent jamais à leurs yeux, qu'environnés du double prestige de la force et de la richesse, pouvaient, devant une proie aussi facile, sentir se réveiller leurs instincts de meurtre et de pillage.

Carpezac le comprenait si bien qu'il décida qu'on passerait au large de Kassemmbé, ville redoutable élevée sur les côtes est du petit lac Mofoué et résidence d'un chef puissant, appelé aussi Kassemmbé, suivant la coutume africaine qui, presque toujours, exige que le prince porte le même nom que son village.

— *Vivadiou!* dit le Gascon, ce n'est pas l'instant de se laisser arrêter par un de ces souverains idiots!... De la prudence : quand nous aurons retrouvé nos amis, nous chanterons, nous danserons; mais, d'ici là, que chacun ferme sa boîte et fasse le mort.

— Mais, interrompit Cornec, dites-moi un peu pourquoi les trois quarts des indigènes que nous voyons sont borgnes, manchots, essorillés?... Ils ne viennent pas au monde comme cela, j'imagine?...

— C'est un effet de la gracieuse et paternelle bonté du Kassemmbé pour ses sujets. Il paraît que, plus ils sont mutilés, plus il les aime.

— Canaille, va!...

— Mais ce n'est rien encore. Gouvernant par la force, il craint toujours pour ses jours et vit dans les transes perpétuelles, que les torrents de sang qu'il fait couler ne parviennent pas à calmer. Heureusement les divinités le protègent et lui montrent en songes ceux dont il doit se défier : ces songes sont toujours un arrêt de mort pour les pauvres nègres qui n'en peuvent mais... ce sont eux qui fournissent ces chapelets de crânes humains qui décorent le palais de tout Kassemmbé bien appris.

— Si je me trouvais face à face avec un de ces monstres, je saurais bien lui dire son fait, moi! s'écria le maître indigné.

— Espérons au contraire que nous n'en verrons jamais, fit Georges en souriant doucement.

Cela se disait sur les bords du Kalonngosi, rivière profonde et impétueuse qui roule ses eaux dans un lit caillouteux. Les deux rives étaient admirables, parées qu'elles étaient de tous les trésors que prodigue la main du Créateur; le roulis rapide et impétueux faisant languer les pirogues d'écorce des passeurs ou écumants, se brisant contre les barrages qu'élèvent les indigènes pour leurs pêcheries gigantesques.

La saison des pluies était passée : plus d'averses diluviennes, plus de ces orages terribles qui, en quelques instants bouleversent l'atmosphère. Le soleil, brillant et radieux comme un roi drapé dans son manteau de pourpre et d'or, projetait partout ses rayons éclatants qui se brisaient sur les flots, glissaient mystérieusement à travers les masses épaisses du feuillage, ou se jouaient à la cime des grands arbres et des collines qu'ils coloraient vivement.

Partout des oiseaux éparpillant dans l'espace leurs notes mélodieuses ou criardes; partout des nids; partout des fleurs...

C'était le printemps africain, un printemps dont rien ne saurait rendre la splendide et magique beauté.

Les aventuriers suivaient toujours la rive gauche du Kalonngosi. Au-delà de la rivière était l'Itahoua, région plantureuse et bien arrosée, couverte de collines et de forêts; en face des aventuriers, au contraire, c'était le lac Moëro, nappe bleue et scintillante, dominée à l'ouest et au nord par les sombres montagnes de l'Ouroua et du Kabouéré.

Ce fut par une belle matinée qu'ils atteignirent le lac. Le sol, couvert d'un sable blanc sur lequel tranchait au loin la sombre verdure des bambous, s'inclinait doucement et, c'était par une pente presque insensible qu'on arrivait au bord des flots.

Comme presque tous les lacs de cette région, le Moëro, d'un bleu céleste qui va en s'obscurcissant partout où il réfléchit les hautes chaînes de montagnes, ne présente qu'un horizon maritime. Au point où étaient nos amis, ils pouvaient apercevoir, comme à travers un brouillard, la côte opposée; mais au sud comme au nord, rien que les flots.

Partout des massifs odoriférants, des buissons, des entassements d'arbres géants enchevêtrant leur feuillage, leurs branches que pavoisaient les lianes, les *convolvulis*. Au milieu de ces masses exubérantes, les toits des misérables huttes de pêcheurs s'élançaient comme des cônes de cuivre rougi. Des *flotilles* de canots et de pirogues étaient abritées dans toutes les anses, dans toutes les criques; aux branches des arbres séchaient des lignes et des filets.

Parmi les cours d'eau qui alimentent le Moëro, il faut citer le plus puissant des fleuves africains : le Congo, qui se jette dans le Banngouéolo sous le nom de Tchambézi ou Tchambèze, en sort sous le nom de Louapoula, rejoint le Moëro par sa pointe australe, le traverse pour en sortir encore et gagner le Kamolonndo sous le nom de Loualaba.

C'est ce fleuve Loualaba, qui est le Congo.

Les aventuriers, pâles, émus, s'étaient arrêtés sur le rivage ; les lames, molles et toutes pailletées d'une fine poussière d'or et de diamant, bruissaient doucement à leurs pieds, et leur murmure se confondait avec le frémissement du feuillage agité par une douce brise. Des pigeons volaient par milliers dans le ciel bleu ; des flamands, des grues attendaient, mélancoliquement perchés sur la racine d'un banian, que la proie désirée passât à leur portée ; des hippopotames faisaient jaillir de leurs naseaux des gerbes liquides que les rayons du soleil teignaient d'un prisme éblouissant ; mais ils ne voyaient rien, n'entendaient, ne sentaient rien : toutes leurs facultés étaient concentrées sur ce seul mot :

Le lac !!!

Enfin, n'y tenant plus, Cornec brandit son chapeau de liége et le fit tournoyer dans les airs en s'écriant :

— Hurrah pour le lac ! Hurrah ! pour MM. Kerpewen, Evariste et Horace !

— Hurrah ! pour Postik !... naturellement !... ajouta Le Hir.

Le charme était rompu.

— Remercions Dieu, mes amis, fit Georges avec émotion : nous avons retrouvé nos compagnons.

— Mais où sont-ils? demanda Cornec.

— C'est ce que nous allons savoir.

Et, pendant que les matelots s'installaient sous un baobab solitaire, suivi de Carpezac et de Ben-Chaouk, il marcha résolûment vers une hutte à demi-cachée sous le feuillage.

A l'approche des voyageurs, deux hommes et une femme qui fumaient nonchalamment, assis à l'ombre de leur case, voulurent s'enfuir.

— Restez, dit Ben-Chaouk, les seigneurs blancs ne vous veulent aucun mal.

Tremblants, les trois personnages attendirent.

Alors Georges leur distribua quelques menus objets, des couteaux, des miroirs, des anneaux de cuivre et d'étain; puis, profitant du ravissement dans lequel ils étaient plongés, se tourna vers Ben-Chaouk.

— Interroge-les, dit-il.

XIX

Les indigènes. — Nouvelle déception. — On apprend que les blancs ont pris la route du Tanganyika. — Jeu de cache-cache. — Le chef du lac. — Vers le Tanganyika. — L'Itahoua. — Un village. — Accueil peu gracieux. — Destructions des « figuiers écorces ». — Tentatives de conciliation. — Préten- tion du chef. — Où Cornec défend ses « enfants ». — Blessure du maître d'équipage.

Les trois nègres avaient cessé d'examiner leurs trésors pour écouter Ben-Chaouk. Appuyés contre les parois de la misérable cahute, ils avaient l'air de statues de marbre noir. Leurs corps presque nus, aux lignes pures et sévères, semblaient modelés sur l'antique ; ils avaient le front haut, le nez presque aquilin, les lèvres épaisses et rouges, mais non épatées: on voyait qu'ils appartenaient à la vraie race africaine, qui n'altérait aucun mélange. Le costume de la femme se composait d'une courte jupe d'étoffe d'arbre ornée de quelques dessins de « cauris »; des brasselets d'ivoire, un à l'avant-bras, l'autre au poi- gnet, tranchaient vivement sur la couleur foncée de la peau ; un triple rang de perles de « samé-samé » retenait ses cheveux.

Les hommes, de simples pêcheurs, étaient plus sommairement vêtus ; à vrai dire, sauf un petit tablier de cuir retenu à la taille par une corde en fibres de bananier, quelques lignes de tatouage, étaient leur seule parure.

Anxieux, les aventuriers attendaient.

— Eh bien ? dit Georges à l'esclave.

— Eh bien, *Sidi*, tu es sur la bonne voie. M'Tommbé, l'homme que tu vois et Kissunngo, son frère, se souviennent parfaitement du passage des blancs dans cette région. Ces blancs, accompagnés d'une escorte de noirs, sont arrivés par la Loua-poula. M'Tommbé et Kisunngo, les ont conduits jusqu'à la ville de Kabouakoua au nord du lac.

— Et ils y sont encore ?... interrogea Georges pal-pitant d'espoir.

— Fatigués de leur voyage, souffrant de la fièvre, ils ont quitté Kabouakoua pour le Tanganyika.

— Bien des jours se sont écoulés, sans doute...

— Quinze à peine, car ils ont séjourné plus d'un mois dans le pays.

Un moment de stupeur suivit ces paroles.

— Trop tard !... s'écria Georges; toujours trop tard !...

— Non ! répondit Carpezac, nous les rejoindrons. Ils ont quinze jours d'avance sur nous : une misère; car ils sont accompagnés de noirs habitués à de courtes étapes, et nous, nous sommes seuls, c'est dire que nous mépriserons tout danger, que nous ne reculerons devant aucune fatigue... Allons, du cœur ! chaque jour la distance qui nous sépare diminuera... Au Tanganyika donc ! c'est là que nous les rejoin-drons.

— Mais c'est un véritable jeu de cache-cache! murmura Cornec stupéfait.

— Qu'importe si nous réussissons !

Les indigènes, dont il était impossible de suspecter la véracité, car ils n'avaient aucun intérêt à mentir, furent remerciés et comblés de nouveaux présents.

Puis les aventuriers regagnèrent leur campement où déjà flambaient les feux, où se préparait un souper monstre, dont les palmipèdes du lac faisaient tous les frais.

Cornec, sa « fille » et son « fils » sur ses genoux, écoutait leur bavardage enfantin, car déjà les deux négrillons balbutiaient ou plutôt estropiaient le français. Par bonheur, le matelot était loin de se croire un « puriste », et, tel quel, le bavardage de « Paul » et de « Virginie » le ravissait ; il s'épanouissait d'aise comme une huître au soleil...

La nouvelle qu'une troupe de blancs campait sur les bords du lac, s'était répandue comme une traînée de poudre. Les nègres quittaient leurs travaux pour voir ce phénomène singulier d'hommes à la peau blanche. Le chef du village voisin, drapé dans dix mètres de cotonnade, que des négrillons soutenaient comme les pages antiques les longues jupes des châtelaines, accourut précédé de cinquante coquins armés de lances et de massues, et même de mauvais fusils de traite.

Ce majestueux personnage était ivre comme... un nègre. Il commença par reprocher aux blancs leur arrivée dans le pays, puis, s'adoucissant, finit par réclamer cent mètres d'étoffe, des armes et un baril de rhum.

— Rien que ça! répondit Cornec.

Cependant, de concession en concession, il arriva à se contenter de la dixième partie de ce qu'il exigeait et de quelques boîtes en ferblanc, ayant contenu des conserves, que Le Hir lui proposa comme des gobets d'argent.

Carpezac en profita pour lui demander des nouvelles des blancs.

Le chef confirma le dire des pêcheurs et se plaignit amèrement de ce que les voyageurs avaient passé près de son village sans lui rien offrir.

— C'est pour cela qu'il faut que vous payez double! dit-il gracieusement.

— T'es bien aimable, vieux singe! lui répondit Cornec.

Le chef prit ces paroles pour un compliment et se retira en se rengorgeant.

Le lendemain, après avoir une dernière fois contemplé le lac, les aventuriers se remirent en route.

— Mieux vaut filer droit à l'est, vers le Tanganyika dont trois degrés en longitude nous séparent à peine, que de risquer de perdre un temps précieux en remontant à Kabouakoua, dit le Gascon. Si nos amis ont l'intention de gagner la côte, ils se dirigeront sur Kahouélé... là, nous les rencontrerons.

— Dieu le veuille; mais je n'en crois rien... C'est trop de déceptions.

— Du courage, *cap de bious!*... Et mon rêve?... vous l'avez oublié?... Nous les retrouverons, vous dis-je, j'en ai la certitude.

Le pays dans lequel on voyageait, l'Itahoua, conservait toujours son aspect splendide. Ce n'étaient que successions de plaines et de collines qui couraient se réunir aux hauts massifs qui enserrent le Tanganyika, de forêts épaisses de jungles habitées par les fauves les plus redoutables, de rivières qui, en certains endroits, disparaissaient sous des tapis herbeux, « sinndis », dont les naturels se servent comme de ponts.

Les habitants de la contrée étaient farouches, grossiers. La guerre acharnée, sans trève que leur faisaient les Arabes et les Mazitous, les uns pour piller, les autres pour se procurer des esclaves, les rendait soupçonneux à l'excès. Les portes de leurs villages, formidablement fortifiées, étaient toujours fermées aux étrangers.

— Dieu me damne! comme disent les Anglais, nous aurons du fil à retordre avec ces « messieurs!.. » soupirait Cornec.

Hélas! le brave maître d'équipage prophétisait sans le savoir.

C'était le soir; la marche avait été dure et fatigante et les aventuriers, harassés, brûlés par le soleil, aspiraient au repos. Leurs provisions étaient épuisées, et l'espérance de se ravitailler les poussait vers un village, qu'ils devinaient plus qu'ils ne l'apercevaient, tant il était bien caché sous l'ombrage de ses grands arbres et de ses fortifications d'euphorbe épineux.

Georges et Carpezac, sachant qu'il fallait éviter de froisser les sauvages, avancèrent seuls et demandèrent humblement l'hospitalité pour eux et leurs gens.

— Savons-nous qui vous êtes? répondit durement le chef accouru le premier; et pouvons-nous, la nuit, ouvrir nos demeures a des vagabonds dont nous ignorons les intentions?... Allez camper plus loin; demain vous nous offrirez vos présents et vous vous ferez connaître.

Cette réponse était judicieuse... si souvent ces pauvres diables avaient été victimes de leur générosité.

Les aventuriers obéirent et installèrent leur camp à moins d'un mille du village.

Il faisait un clair de lune superbe; les arbres, les taillis, baignés de rayons vaporeux, se dessinaient comme en plein jour.

7

— Etablissons-nous ici, puisqu'il le faut, dit Carpezac. Mais, si nos voisins ignorent qui nous sommes, nous les connaissons, nous, et, pour éviter toute surprise, entourons-nous d'une légère estacade...

— Les arbres ne manquent pas, répondit Cornec, et voilà de jeunes balivaux qui feront notre affaire. A l'œuvre !

Et donnant l'exemple, la hache à la main, il porta le ravage dans une plantation de jeunes arbres qui craquaient et s'abattaient sur le sol ; les autres l'aidaient et bientôt un nombre considérable de pieux s'élevait autour du camp.

Tout à coup des grands cris, mêlés à des frémissements d'armes, retentirent à l'autre extrémité de la plaine. Sous les pâles lueurs de la lune, on voyait les sauvages s'agiter, se démener, brandir leurs lances et leurs sagaies comme si leur intention évidente était d'attaquer le camp.

— Ah ça ! s'écria Cornec, quel « vertigo » les agite, ces « messieurs ?... » Nous ne sommes pas dans une forêt sacrée, j'imagine ?

— Malédiction ! répondit Carpezac, nos haches viennent de détruire une plantation de jeunes « arbres à étoffe !... » La fuite seule peut nous sauver...

— Au large, alors...

Mais la chose était plus facile à dire qu'à exécuter. Déjà sifflaient aux oreilles des aventuriers des flèches et des sagaies ; les assaillants arrivaient en gambadant par trois côtés à la fois...

— Feu !... feu ! ordonna Georges ; faisons-nous écharper jusqu'au dernier, s'il le faut ; mais ne cédons pas...

— Bas les armes, au contraire ! dit Carpezac avec autorité.

Et, écartant les fusils, la poitrine découverte, magnifique de résolution, il marcha droit au chef.

La bravoure en impose toujours, surtout aux peuples primitifs. Les sauvages, voyant cet homme, souriant, désarmé, venir à eux, abaissèrent leurs arcs et leurs lances.

— Chef, dit le Gascon qui dédaigna employer l'interprète, est-ce ainsi que tu accueilles les voyageurs? Quel mal t'avons-nous fait? Quel sujet de plainte t'avons-nous donné?

Sans répondre, le chef étendit la main sur les jeunes arbres qui jonchaient le sol.

— Soit, dit encore le Gascon, je reconnais notre faute ou plutôt notre imprudence... Evalue toi-même les dégats ; ils te seront payés.

Le chef examina d'un air dédaigneux la maigre pacotille.

— Vous êtes trop pauvres, dit-il.

Mais se ravisant :

— Eh bien ! je garde ces enfants. Partez en paix.

Et sa lourde main s'abattit sur l'épaule de « Virginie » pendant qu'un de ses compagnons enlevait « Paul ». Le sauvage avait rapidement calculé la valeur de ces enfants dont le costume — c'était la première fois qu'il voyait des nègres « habillés » — le charmait. Il comptait les vendre aux traitants ; mais une voix émue, indignée protesta contre cet odieux calcul.

— Mes « enfants!... » s'écria Cornec ; mes « enfants!... » Oh! non... il n'aura pas la barbarie de me les prendre !...

Le chef le repoussa brutalement ; sur son visage farouche se lisait toute l'énergie de sa résolution. Alors, un nuage sanglant passa devant les yeux de l'infortuné ; il saisit son revolver, et, visant le chef à la poitrine, il fit feu.

Le nègre exhala un rugissement de douleur et de rage, battit l'air de ses longs bras et s'affaissa lourdement sur le sol.

— Sauvés !... sauvés chers petits !... s'écria Cornec en s'élançant au secours de ses « enfants ».

Au même instant une tête grimaçante se pencha sur son épaule, la lame d'un coutelas brilla dans la nuit, et le maître tomba à la renverse, en répétant encore :

— Mes « enfants !... » mes « enfants !... »

XX

La lutte. — Découragement des assaillants. — Cinq pour un ?
— Enlèvement de « Paul » et de « Virginie ». — En retraite.
—A travers les forêts. — Huttes et idoles. — A quoi elles
peuvent servir. — Désespoir de Cornec. — Passage de la
Tchisera. — Le « senndi ». — Le sol s'élève. — Vouama-
rounngou. —Au sommet des falaises. — Vue de Tanganyika.
— Descente vers le lac.

La lutte était de nouveau engagée ; mais, cette
fois, plus terrible, car les Européens comprenaient
qu'ils n'avaient aucun quartier à attendre de leurs
ennemis. Ce choc d'hommes nus contre des misérables en haillons avait quelque chose de hideux. On
combattait corps à corps, poignard contre poignard,
hache contre hache. Les lances et les fusils devenaient inutiles : blancs et noirs étaient confondus.

Mais, dans cette lutte désespérée, les blancs
avaient un avantage que ne possédaient pas les sauvages : leurs revolvers dont les décharges rapides et
foudroyantes déconcertaient les enfants des déserts.
Et puis, c'étaient des matelots habitués aux rudes
abordages, et les nègres, qui brillent dans une embuscade, sont incapables de soutenir un choc sérieux.

La mort de leur chef, tombé sous la balle de Cornec, les démoralisait. Ils avaient cédé à la rage du
moment ; mais, n'étant pas soutenus, voyant leurs
plus braves guerriers tomber sur le sol humide de

sang tandis que les blancs semblaient invulnérables, ils mollirent d'abord, puis lâchèrent pied en tumulte.

Personne ne songea à les poursuivre.

Les aventuriers avaient perdu quatre hommes dont Abou-Azer. La perte des nègres, sans compter le chef, s'élevait à une vingtaine d'hommes.

— Cinq pour un, c'est joli ! dit Le Hir tandis qu'il parcourait le champ de bataille. C'est égal, continuat-il, parodiant a son insu un mot célèbre, encore une victoire comme celle-ci et nous sommes coulés à fond.

— Et les enfants ?... fit une voix brisée. Sauvés... n'est-ce pas ?...

— Non, répondit Carpezac avec un accent empreint d'une sombre colère, les misérables les ont enlevés...

— Enlevés !... répéta Cornec qui, par un puissant effort parvint a se redresser. Enlève « Paul !... » Enlève « Virginie !... » Oh !... cela ne se peut pas... Courons, amis, incendions le repaire de ces bandits, mais sauvons-les !... sauvons-les !...

Et brisé, anéanti par cette dernière secousse, il chancela un moment et s'abattit de nouveau sur le sol comme un arbre frappé de la foudre.

Il n'y avait pas à hésiter.

— En retraite ! dit Georges le cœur douloureusement ému ; il le faut !

Chacun le comprenait ainsi. Les indigènes pouvaient revenir et, alors, aucune chance de salut n'était possible. Les morts furent enlevés; on installa Cornec sur un brancard de liane que portaient quatre matelots, et la petite caravane, laissant la majeure partie de ses bagages, quitta cette plaine sinistre. On ne s'arrêta qu'au point du jour, sous l'ombrage d'un magnifique mangoustan, et, pendant que Carpezac examinait et pansait la blessure du maître, Georges et ses compagnons rendaient les derniers honneurs aux victimes de ce triste combat.

— Eh bien! docteur, dit Georges en donnant au Gascon ce titre qu'il avait presque oublié, comment va le blessé?

— Mieux que je n'osais l'espérer. La blessure a abondamment saigné, ce qui diminue les chances de fièvres et d'inflammation; aucun organe essentiel ne me parait lésé; mais il faudra beaucoup de soins et de ménagements.

— Malheureusement nous ne pouvons nous arrêter.

— Je vais faire disposer une « maxilla », dans laquelle notre brave compagnon sera comme dans son lit.

— Et ces pauvres enfants qui nous étaient si attachés?

— Dieu veillera sur eux, mon ami.

La marche fut reprise sous bois, car cette partie de l'Itahoua, ressemblait à une vaste forêt grimpant le long des collines ou descendant au fond de ravins profonds et ténébreux. Ces sombres retraites n'étaient fréquentées que par les fauves, les serpents et une multitude de singes. Si dangereux que fussent de tels hôtes, ils valaient encore mieux que l'homme; car ils n'attaquaient pas sans motif, et les fusils, le jour, les feux de campement, la nuit, les tenaient à une distance respectueuse.

Dans les clairières de la forêt, au pied de grands arbres à l'ombrage épais, aux troncs lissés et élancés comme des colonnes, les aventuriers remarquèrent des huttes de formes étranges, et qui paraissaient souvent visitées. A l'intérieur rien que d'informes statues, auxquelles des sacrificateurs invisibles immolaient des chèvres, des volailles, apportaient d'abondantes provisions de grains, de fruits et de bière. Etaient-ce des tombeaux ou tout simplement des temples? C'est ce que nos amis ne purent jamais savoir.

Néanmoins ils les eussent préférées plus nombreuses, car elles leur évitait la peine de se construire des abris, et les vivres abondants qu'elles contenaient étaient un préservatif assuré contre la famine.

Cornec allait de mieux en mieux. Grâce aux soins de Carpezac et de Ben-Chaouk, sa blessure se cicatrisait rapidement. Mais le malheureux avait perdu toute sa gaieté, tout son entrain d'autrefois; il n'avait plus qu'une pensée : ses « enfants ».

— Je ne les verrai plus... murmurait-il amèrement. Pourquoi Dieu a-t-il permis que je m'attachasse si fortement à eux si je devais les perdre si tôt? Oh! non... c'est bien fini, je ne les verrai plus...

— Qui sait! dit Georges... Du courage, et pensez que Celui qui mène tout en ce monde peut vous ménager l'ineffable bonheur de les presser encore dans vos bras.

Le matelot hocha tristement la tête et ne répondit pas.

On avait quitté la forêt pour la plaine et on n'était plus qu'à quelques milles de la Tchisira; cette dernière rivière franchie, on entrait dans le Marounngou, qui confine au Tanganyika.

Et là, peut-être, les trouverait-on...

Mais nos amis avaient éprouvé tant de mécomptes

que, si légitimes que fussent leurs espérances, ils
n'osaient s'y arrêter.

D'ailleurs, l'avenir paraissait de plus en plus sombre : les marchandises se réduisaient à une cinquantaine de mètres de colonnade, à quelques livres de
perles et de fil métallique; la poudre et les cartou-
ches avaient baissé en proportion. Aussi, comme
disait Carpezac, ils jouaient le tout pour le tout, et
le Tanganyika était leur seule espérance. S'ils y
trouvaient leurs amis, tout irait bien, car sept
hommes énergiques, habitués au désert, dévoués les
uns aux autres, imagineraient bien quelque expédient
pour gagner la côte; s'ils ne les trouvaient pas, à
quoi bon s'inquiéter de l'avenir?...

Ce fut avec ces pensées qu'ils traversèrent la
rivière Tchisira; il n'existait pas de pont; mais,
d'une rive à l'autre s'étendait un tapis herbeux où
« sinndi », tremblant, vacillant, assez résistant toute-
fois pour supporter le poids d'un homme, surtout
quand ce dernier ne redoute ni un plongeon ni ses
conséquences.

Huit jours après, ils entraient dans le Marounngou, et marchaient pleins d'ardeur vers le lac qu'ils
espéraient atteindre par la rivière Lofou.

Le sol s'exhaussait de plus en plus en collines
d'abord, puis en montagnes aux pentes abruptes et
déchirées par de nombreux affleurements de granit.
Ces hauteurs, qui forment les parois de la cuve au
fond de laquelle dort le Tanganyika, étaient admirables de parure; les herbes dépassaient la hauteur d'un homme, et, de ces sombres océans de
verdure que la brise faisait onduler, surgissaient
d'énormes baobabs, les troncs contournés des
figuiers sycomores, les stypes des palmyras, hauts

et droits, comme les colonnes d'un temple ; puis
c'étaient des massifs d'acacias, des enchevêtrements
de dattiers et de bananiers sauvages, des cotonniers,
dont les capsules entr'ouvertes laissaient échapper
des flocons aussi blancs que la neige. La scène était
splendide, tout éclairée, baignée, caressée de flots, de
rayons éclatants.

Les naturels paraissaient sauvages et peu socia-
bles ; leurs villages, entourés de fortifications redoutables et, parfois, de fossés profonds, témoignaient
de leur crainte des Mazitous. Pourtant ils paraissaient à l'aise, possédaient de beaux troupeaux, des
ruches dont le miel était employé à la fabrication de
l'hydromel. Presque tous étaient vêtus d'une cotonnade qu'ils fabriquaient eux-mêmes ; leurs coiffures
étaient bizarres, originales et variées à l'infini ; mais
l'habitude de se peindre en rouge, en bleu, en noir, les
lignes de tatouage qui leur couraient sur le corps,
les dents qu'ils s'arrachaient ou s'entaillaient en
pointe, les rendaient aussi effrayants que hideux.

Mais nos amis étaient trop préocupés pour s'arrêter
à des contemplations stériles.

Enfin, ils parvinrent au sommet des montagnes et
s'arrêtèrent en jetant un cri d'admiration.

Au-dessous d'eux, baignant le pied des falaises,
dont quelques-unes mesuraient plus de six cents
mètres de hauteur, s'étendait la masse limpide,
azurée, du Tanganyika avec ses caps surplombant,
ses grèves couvertes d'un sable blanc, ses golfes que
les roseaux, les joncs, les nénuphars aux larges
feuilles, aux fleurs blanches ou rouges, les papyrus,
brodaient d'une riche ceinture.

De tous les rochers, tombaient en cascade, mille
ruisseaux étincelants comme du cristal, poudrant

d'écume argentée le fond rouge du grés tendre, le marbre noir veiné de blanc qui constituent les falaises. Ici s'ouvraient des cavernes que voilait à demi une large draperie de lianes en fleurs ; là des arbres géants avaient jeté leurs racines dans les intestins des rochers et s'élançaient d'un seul jet vers le ciel ; partout, sur les pointes avancées, dans le fouillis du feuillage, apparaissaient des toits coniques et dorés, et ces villages, ainsi suspendus, semblaient aussi inacessibles que l'aire de l'oiseau de proie.

Des rochers, des îlots couverts de jeunes arbres, des îles grandes et vertes comme des émeraudes, accidentaient la surface du lac et semblaient de véritables archipels, s'opposant comme des digues aux empiètements des flots qui, calmes ailleurs, rageaient dans leurs étroits chenaux.

Des pêcheurs debout, accroupis dans leurs étroites pirogues, visitant leurs nasses ou jetant leurs filets ; des hippopotames soufflant, des crocodiles à demi-immergés, une foule de palmipèdes achevaient de caractériser ce décor féerique.

— Çà, un lac !... dit Le Hir ; mais pour moi, c'est la mer... Comment dénicher le capitaine et les autres ici où nous ne connaissons rien? M'est avis que, si nous devons fouiller chaque grève, chaque taillis, chaque village, nous pouvons nous installer à perpétuité... Pas vrai, vieux ?

Cornec hocha la tête sans répondre.

— L'objection de Le Hir est vraie, murmura Georges. Comment faire en effet? Le lac court sur une longueur de près de six degrés. Vouloir l'explorer sur tous ses points serait folie.

— Fou ! dit le Gascon. Si nos amis ont pu gagner le

Tanganyika, comme je l'espère, comme j'en suis
sûr, *vivadiou !* ils n'avaient qu'un seul objectif en
vue : Kahouélé le grand marché, la grande station
des arabes, le point d'où partent pour l'intérieur les
caravanes qui arrivent incessamment de la côte. Là,
seuls, ils pourront espérer aide et protection, et la
logique me dit qu'ils ont pensé comme moi.

— Mais comment, dénués comme nous le sommes,
atteindre cette station ?

— Il nous reste assez d'étoffe pour payer la loca-
tion de deux barques et les services d'une dizaine
de bateliers.

— Et après ?

— Après, à la grâce de Dieu ! dit le Gascon. L'avenir n'est que mystère. Ou nous réussissons, et alors
nous saurons bien nous tirer d'affaire, ou nous
échouons, et alors nous aviserons à ne pas rester les
dindons de la farce.

— Naturellement ! appuya Le Hir.

A quelques centaines de mètres plus loin s'ouvrait
un petit sentier, encombré de lianes et de broussailles qui, après maints détours, descendait au lac.
Les aventuriers s'y engagèrent, et, la hache à la
main, commencèrent une descente rendue périlleuse
par l'extrême rapidité du chemin que sillonnaient de
nombreux torrents, que coupaient de profonds ravins.

XXI

Hutte bâtie sur pilotis. — *Les femmes des pêcheurs.* — Panique et hospitalité. — Regrets de Cornec. — Les pêcheurs. — Pourparlers. — Nuit dans la hutte. — L'embarquement. — Sur le lac. — Perspectives. — Une île flottante. — Surpris d'avoir fait tant de chemin. — Un mois de navigation. — Au port. — *Les blancs.* — *Malédiction ! ce sont des Anglais !...*

Au pied des falaises d'où, pour la première fois, nos amis avaient aperçu le lac, était une pauvre hutte de pêcheurs bâtie sur pilotis et faite d'un clayonnage de branches enduites d'argile, et surmontée d'un toit de jonc. Le sol en cet endroit n'était qu'un marécage où poussaient quelques arbres soutenant à leurs branches, comme de gigantesques toiles d'araignée, les filets des pêcheurs.

Partout des harpons, des lignes, des avirons, des poissons séchant au soleil.

Un petit pont, d'une construction toute primitive, reliait la hutte à un îlot rocheux.

Au moment où nos amis y pénétrèrent, il n'y avait que des femmes dans la cabane. Effrayées de l'apparition de ces étrangers, qu'elles prenaient pour des marchands d'esclaves, les malheureuses voulurent s'enfuir. Georges et Carpezac se hâtèrent de les rassurer, de leur offrir quelques menus objets qui leur concilièrent bientôt toutes les sympathies. Les hommes pêchaient sur le rivage. Pendant qu'un enfant courait les prévenir, les aventuriers s'atta-

blèrent devant un modeste festin de manioc, de
« pommbé » et de poissons séchés que leur offrirent
leurs hôtesses.

Ces femmes eussent été passables, jolies même,
sans leurs oreilles entaillées et supportant d'horribles ornements, leurs lèvres perforées et surtout les
profondes cicatrices qui les défiguraient. Dans un
coin de la hutte, une petite fille jouait avec une
callebasse enveloppée de morceaux d'étoffe et repré-
sentant évidemment un « bébé ». Avec une sollicitude
toute maternelle, elle la berçait sur ses genoux ou la
suspendait sur son dos, absolument comme les
négresses portent leurs enfants lorsqu'elles tra-
vaillent.

Cornec ne put retenir ses larmes en la voyant.

— Où est ma petite « Virginie? » murmura-t-il.

Enfin, les hommes arrivèrent, quatre vigoureux
gaillards aussi mutilés que les femmes, dont ils
étaient seigneurs et maîtres, les cheveux « pomma-
dés » d'ocre rouge mêlé de beurre végétal, un lambeau de colonnade grand comme la main leur entou-
rant la taille et retenu par une fine cordelette
entourée de fil métallique...

Là, s'arrête la description de leur costume.

Carpezac fit signe à Ben-Chaouk d'approcher.

— Peux-tu nous conduire à Kahouélé? fit-il demander à celui qui lui paraissait le chef de la petite
colonie.

— Le lac est trop méchant, nos canots trop petits !
répondit cet homme. Pourquoi ne pas aller par
terre?

— Parce qu'il ne me plaît pas de le faire. Je connais
vos jérémiades à vous autres ! Il me faut deux
canots. Peux-tu me les procurer? En ce cas, toutes

les étoffes, les perles, tout le fil métallique que tu vois là sont à toi. Tu ne le peux pas?... soit! je trouverai plus loin.

Et il fit signe aux matelots de déballer les restes des marchandises. Heureuses, les femmes palpaient les colonnades à grandes raies, faisaient miroiter les perles bleues comme des saphirs ou rouges comme des grenats, polissaient sous leurs gros doigts le cuivre brillant : elles étaient fascinées.

— Eh bien? dit Carpezac.

— Le chef nous punirait.

— Mensonge! Tu es libre de ne rien dire à personne.

— Et tout cela est à moi?

— Tout!... Et à Kahouélé, si tu es fidèle, je doublerai peut-être la récompense.

— Demain nous partirons, dit le sauvage.

Et, faisant prestement disparaître ses richesses, il dit quelques mots à l'oreille de ses compagnons qui voulurent sortir.

— Halte là! s'écria Georges en se plaçant résolûment devant la porte, un revolver de chaque main. Nous voulons bien être généreux, mais pas dupes. Dès ce moment vous nous appartenez, mes gaillards! et personne ne sortira d'ici sans ma permission.

Les nègres courbèrent la tête. Avaient-ils été devinés?

Les aventuriers passèrent le reste du jour et la nuit entière dans cette hutte où pullulaient les moustiques et la vermine. Le Hir et Cornec veillaient à la porte ; car, connaissant le caractère des nègres, ils redoutaient une trahison.

Le lendemain on se mit en route. Les deux canots, dont l'un était commandé par Cornec, l'autre par

Georges, ayant chacun deux des nègres sous leurs ordres, fendirent les herbes et les roseaux entrelacés, et, s'aidant de la gaffe et de l'aviron, gagnèrent les eaux libres.

A cette heure matinale, le lac était couvert de buées bleuâtres que traversaient comme des lignes d'or les premiers rayons du soleil. Peu à peu, cependant, les brouillards se dissipèrent comme un rideau que l'on soulève, et allèrent s'accrocher, semblables à de blancs flocons, aux cimes des falaises et des montagnes où ils se fondirent bientôt.

Les deux embarcations, vigoureusement enlevées par les matelots, glissaient rapidement sur les flots bleus que leur sillage teignait d'une écume argentée. Personne ne parlait, tant les esprits se concentraient sur le magnifique kaléidoscope qui se déroulait si calme et si radieux. Les rives, en cet endroit, n'étaient que falaises hautes et presque perpendiculaires, se découpant et ressortant bizarres sous les jeux d'ombre et de lumière, changeant comme des effets d'optique ou de mirage. Pouvait-on, en effet, considérer comme une réalité ces cases accrochées et suspendues à près de mille mètres au-dessus de l'abîme? ces arbres géants qui poussaient en plein roc? ces rideaux mobiles parsemés de fleurs comme des tapisseries? ces masses vertes, rouges, bleuâtres que la lumière des tropiques baignait si étrangement?... Et puis, le ciel était si pur, la brise si douce, la chanson des rameurs si lente et si cadencée, que l'imagination, déjà surexcitée, n'avait besoin d'aucun effort pour planer et s'égarer dans le pays des merveilles !...

Les barques suivaient la rive occidentale du lac et remontaient au nord.

On marcha ainsi toute la journée; d'heure en heure, les matelots se relayaient aux avirons. Aucun incident, si ce n'est une charge d'hippopotames, que les barques avaient troublés dans leurs ébats, ne déflora cette première journée de voyage. A la nuit, il fallut s'arrêter.

— Des retards! encore des retards! dit Georges désespéré. Pourtant, cette fois, il nous faut les atteindre. C'est une question de vie ou de mort.

— Très-bien, répondit le Gascon; mais, en conscience, nos hommes ont assez travaillé pour avoir droit à une nuit entière de repos.

— Je le sais, ami, c'est de l'égoïsme... Cependant cette pensée horrible me poursuit sans relâche : si nous arrivons trop tard?...

Le Gascon réfléchit un moment, puis, promenant son regard sur le lac, couvert en cet endroit d'îles basses et peu boisées, il sourit.

— D'où nous vient la brise? dit-il.

— Sud-sud-ouest, répondit Georges.

— Alors nous marcherons cette nuit.

— Comment?

— Un secret partagé n'est plus un secret.

Et, se levant à l'arrière de la pirogue, il donna l'ordre à Cornec — qui comme on le sait commandait la deuxième embarcation — de rallier.

Puis il mit le cap sur une de ces petites îles dont nous avons parlé.

Une heure après, juste au moment où tombe la nuit, nègres et matelots soupaient gaiement auprès d'un bon feu.

— Dormez maintenant, dit Carpezac; seul, je veillerai.

Et, son fusil entre les jambes, il s'assit sur un

tronc renversé. Sous la pâle et magnétique clarté de
la lune, le Tanganyika était plus sublime encore
qu'en plein jour. Les objets s'estompaient faible-
ment, ou bien, frappés en plein par un rayon qui les
faisait jaillir de l'ombre, n'avaient plus de contours
arrêtés, mais bien ces formes vagues, indécises,
dont il plaisait à l'imagination de les revêtir. Le lac,
uni, semblait une immense plaque d'argent. Pourtant
quoique le flot parut immobile partout, on l'entendait doucement clapoter contre les grèves de l'îlot.

Un concert bizarre, mais d'une terrible harmonie,
sortait des marais, des roseaux et des rochers.
Coassements de grenouilles, ronflements d'hippopotames, cris rauques et sinistres des oiseaux de nuit,
rugissements de lions : il y avait là toutes les notes,
depuis les plus basses jusqu'aux plus terribles.

Carpezac, vaincu par la fatigue, sentait peu à peu
ses paupières s'alourdir. Bientôt il s'endormit bercé
par ce concert sauvage.

Ce fut Georges qui le réveilla.

— *Vivadiou!* fit-il, en se frottant les yeux, nous
avons fait du chemin?

— C'est impossible!... s'écria Georges, qui vit avec
stupeur que le site avait changé, que les hautes
falaises de marbre noir sillonné de lignes blanches,
qui, la veille, couvraient l'îlot de leurs ombres,
s'étaient évanouies comme dans un songe, que l'îlot
dérivait lentement vers le nord; nous sommes donc...

— Sur une île flottante? oui, mon bon, et c'est
pour cela que je l'ai choisie. Allons déjeuner, et en
route !

Moins d'une heure après, les avirons plongeaient
de nouveau dans les flots et les barques sillaient
allègrement vers le nord. Nous abrégerons ce long

voyage, semé d'accidents et de péripéties, pour arriver plus promptement au but.

Partout le Tanganyika conservait la même beauté agreste et sauvage, les mêmes rivages accidentés de falaises de porphyre, de marbre noir ou de grés tendre que le flot mène et sape incessamment, étendant toujours son domaine, changeant les caps en îles et faisant des marais et des bas-fonds de ce qui avait été des champs et des vergers. Le pays changeait : au Marounngou succédaient l'Ougouhha, l'Ougoma ; mais le lac était toujours le même.

Avec les faibles moyens dont ils disposaient, il fallut à nos amis près d'un mois pour atteindre Kahouélé.

Enfin, ils y arrivèrent.

Comme les cœurs battaient de crainte et d'espoir ! comme les imaginations s'échauffaient ! comme on était joyeux en mettant pied à terre !

— Déchargez les armes, cria Carpezac, et faites flotter le drapeau de la France, nous sommes au port !...

Les fusils tonnèrent, le drapeau tricolore, vénérable loque déteinte par la pluie et le soleil, trouée par les balles et les flèches des sauvages, fut déployé, et la petite troupe, se formant dans un ordre aussi imposant que son nombre restreint le lui permettait, fit son entrée dans la ville.

A ce tapage inaccoutumé, à ces cris enthousiastes, à ces décharges éclatantes, toute la population se précipita sur la route. Aux nègres à demi-nus et luisants d'huile de palme, se mêlaient des hommes vêtus de grandes robes blanches et coiffés de turbans arabes.

Tout à coup, Georges s'arrêta, et, d'une main trem-

blante, montra à Carpezac cinq individus, cinq
Européens qui, nonchalamment étendus à l'ombre
des vérandas, fumaient des cigares en regardant la
foule.

— Eux!... eux!... dit-il d'une voix que l'émotion
rendait à peine perceptible.

Les Européens se levèrent.

Alors Georges pâlit. Dans ces hommes frais et
bien vêtus, aux favoris correctement taillés, il lui
était impossible de reconnaître ses amis. On eut dit
qu'ils étaient parés pour un bal plutôt que pour une
marche à travers les déserts. Leurs visages brûlés
par le soleil, leurs cheveux blanchis avant l'âge,
trahissaient seuls les explorateurs.

— Des Anglais! fit Carpezac. Malédiction! c'est
jouer de malheur?

Ils avaient perdu près de deux ans pour arriver à
ce résultat!

XXII

Anglais et Français. — Présentation. — D'où ils venaient. — Où ils veulent aller. — Offres de service. — Nouvel itinéraire. — Préparatifs de départ. — Générosité des Anglais. — Le rendez-vous. — Où Cornec se jette à la nage et entreprend l'abordage d'un navire. — « Paul » et « Virginie » retrouvés. — Sauvés par un Français, payés par un Anglais. — Sur lo lac, marche au sud. — Nouveaux aspects. — Une dernière attaque et une catastrophe subite. — En avant dans l'inconnu.

Cependant les deux nations étaient en présence et s'observaient mutuellement.

Malgré son désespoir Georges comprit qu'il lui fallait refouler ses larmes, faire contre fortune bon cœur.

— Monsieur Carpezac, chirurgien de marine, dit-il.

Tout le monde s'inclina.

— Sir James Schmith, dit un des Anglais.

Nouveaux saluts.

— Georges Le Bihan, capitaine du yacht l'*Isthme de Panama*, fit Carpezac.

On s'inclina encore, mais moins bas que pour le médecin.

Les autres Anglais étaient : sir Lionel Brougton, Henry Mooc, Jonathan Verney, David Tarqwer, tous grands chasseurs devant l'Eternel, tous possédés de cette manie des découvertes qui sévit comme une épidémie chez leurs nationaux. En avaient-ils baptisé, des lieues carrées, ces intrépides « découvreurs ! » Grâce à eux, depuis le cap, d'où ils étaient partis, jusqu'au Tanganyika où ils se trouvaient, il n'était plus une taupinière, une mare, un ruisseau qui ne fut décoré d'un nom ronflant, le tout, bien entendu, à la plus grande gloire des enfants de la libre Angleterre.

Pendant que se donnaient ces détails, que, de part et d'autre, on se narrait ses aventures — la morgue britannique n'avait pu tenir longtemps contre la franchise gasconne de Carpezac, l'anxiété horrible de Georges — les Anglais avaient entraîné nos amis dans leur demeure, la plus spacieuse de la ville, et déclarèrent qu'ils voulaient être leurs hôtes pendant tout le temps qu'ils resteraient à Kahouélé.

— Merci, Messieurs, répondit Georges, merci. Néanmoins, nous n'abuserons pas de votre généreuse hospitalité. Nous avons une tâche suprême à remplir, et tant qu'il restera un souffle de vie dans nos poitrines, tant que des preuves irrécusables n'auront pas frappé nos yeux, nous devons croire, espérer.

— Mais vous êtes dénués de tout?... vous n'avez ni escorte ni marchandises ?... A peine s'il vous reste des munitions pour un mois...

— Nous avons foi en Dieu et en nous... Je vous le répète, dussions-nous succomber, nous ne reculerons pas...

Sir Schmith était ému.

— Dieu me damne, dit-il, vous êtes une charmant garçon et je me ferais un scrupule de ne pas vous obliger quand je le puis. Je suis riche comme un nabab, ainsi, disposez de moi...

— Mais, Monsieur, je ne sais si je dois... Vous devez avoir hâte de gagner la côte, soif de repos... Ce serait une cruauté de vous retenir ici...

L'Anglais se mit à rire d'un de ces rires aigus qui ressemblent au grincement d'un verrou rouillé.

— Du repos!... dit-il. Tenez : partis du cap, en chasseurs, nous avons traversé la colonie entière, voyagé dans les déserts du Kalahari, vu le N'gami, passé le Zambèze, gagné le Banugouéolo, et, en dépit des Arabes, atteint le Moëro et le Tanganyika... Eh bien! savez-vous à quoi nous pensons en ce moment? Nous préparons une expédition aux lacs Albert et Victoria-N'yanza, au Nil que nous descendrons jusqu'au Caire.

— Mais c'est la traversée complète du sud au nord de l'Afrique !

— C'est notre intention. Nous sommes partis douze; la fièvre et les sauvages ont considérablement réduit ce nombre, puisque nous ne sommes plus que cinq!.. Qu'importe si l'un de nous arrive. Nous ne vous offrons pas notre concours actif : rien au monde ne saurait nous faire dévier de la route que nous nous sommes tracée ; mais nos bourses, nos conseils.

— J'accepte ! dit Carpezac vivement. J'ai, par-là, sur ce sol béni de la Gascogne, quelques pans de murailles qu'on appelle un château et qui vous serviront de garantie.

— Votre parole me suffit, répondit Schmith, simplement.

Le soir même Georges et Carpezac tenaient conseil dans la case mise à leur disposition par leurs hôtes.

— Ecoutez-moi, dit le Gascon, la situation est tellement désespérée, que je n'espère plus... Néan-

moins nous devons à la mémoire de nos amis de
tenter un dernier et suprême effort. Nous avons
couru après l'inconnu, aussi nos déceptions ont été
cruelles. La voie que nous suivions était fausse
d'ailleurs...

— Mais que faire alors? murmura Georges
accablé?

— Finir par où nous aurions dû commencer :
retourner au Nyassa. Là, nous nous séparerons en
deux troupes dont l'une sera commandée par vous
et Cornec, l'autre par moi et Le Hir. Pendant que
vous descendrez la Shiré, remonterez le Zambèze
jusqu'à Zumbo, moi et mes gaillards nous retour-
nerons au Banngouélo, d'où nous descendrons aussi
vers le fleuve où nous ferons notre jonction. Si
nos amis sont vivants, nous ne pourrons manquer
de les rencontrer; autrement, nous verrons leurs
tombes et nous les vengerons.

— Vous avez raison, dit Georges; mais cette fois le
voyage sera triste, car l'espérance a fui loin demoi.

— Qui sait?... vous oubliez mon rêve?...

— Aujourd'hui comme autrefois, je vous répon-
drai : Tout songe, tout mensonge.

— Nous avons décrit ailleurs (1) Kahouélé et ses
maisons ombragées de palmiers, ses places et ses
marchés bruyants qui voient réunir tous les nègres
de cette région, nous n'y reviendrons pas.

Grâce à sir James Schmith et à ses compagnons,
les préparatifs de départ furent poussés avec une
activité fiévreuse et soutenue. L'or était le grand
stimulant qui décidait les Arabes : les pièces de
cotonnade de toutes nuances, les perles, les bra-

(1) Du Gabon à Zanzibar.

celets, tous les objets de troque en un mot, les vivres, les munitions s'engouffraient dans deux grandes barques, spécialement affectées pour les aventuriers ; une cinquantaine de nègres de Zanzibar avaient été engagés comme « Pagazis », trente autres en qualité d' « Askaris » ; bref, la caravane était presque aussi brillante et bien montée qu'à son départ de la Rovouma.

Néanmoins, quelque fut l'activité qu'on déploya, quinze grands jours s'écoulèrent avant qu'on put se mettre en route.

Enfin, le moment solennel arriva.

Les canots, leurs grandes voiles déployées se balançaient sur le lac, que les premiers rayons du soleil inondaient de lumière ; tous les hommes étaient à bord, sauf les Européens.

— Embarque ! criait Le Hir ; la brise ordonne.

Les Anglais avaient voulu conduire leurs amis jusqu'au rivage. On se serra une dernière fois la main, on se donna rendez-vous dans un an à pareille date à Paris ; puis, tandis que les uns regagnaient leurs embarcations, les autres montaient sur une petite éminence qui commandait le lac.

Des pirogues chargées d'esclaves avançaient lentement vers Kahouélé.

— Au large ! cria le Gascon. De pareilles scènes sont horribles.

Une clameur, composée d'un cri retentissant et de deux gémissements, lui répondit.

— « Papa !... papa !... »

— « Mes enfants !... »

8

Alors, sans souci des crocodiles et des hippopotames qui nageaient majestueusement un peu
partout, on vit Cornec se jeter la tête la première
dans le lac et nager vigoureusement vers une des
barques d'esclaves.

Quelques minutes après, nègres et traitants étaient
bousculés, jetés à l'eau, et Cornec, ruisselant comme
un dieu marin, pressait ses deux « enfants » dans ses
bras.

Des fusils brillèrent au soleil; des cris et des voci-
férations se firent entendre.

— Canailles! rugit Cornec en se mettant en
défense ; voleurs!... venez donc que je vous dé-
mâte!...

Heureusement pour le maître, les barques touchaient au rivage. Anglais et Français s'entremirent,
et, moyennant vingt mètres de cotonnade que sir
Schmith s'engagea à payer, Cornec rentra en posses-
sion de ses « enfants ».

— Sauvés par des Français, et payés par des
Anglais ! dit Le Hir.

— Oh! s'écria Cornec radieux, tout ira bien maintenant, c'est moi qui en réponds...

Et couvrant de larmes et de baisers les visages
brunis de ses « enfants », il leur fit raconter leur
histoire. Ce ne fut pas long. Enlevés brutalement,
comme nous l'avons dit, dépouillés de leurs riches
parures, les enfants avaient été enchaînés à d'autres
misérables, destinés à être vendus. Quelques jours
après, l'occasion s'étant présentée, on les avait
dirigés sur le Tanganyika.

yait dans cette réunion providentielle
un augure favorable.

Cependant les canots, leurs grandes voiles ouvertes
à la brise, glissaient rapidement sur le lac. Les
falaises, les caps, les îles fuyaient au loin, et à ces
images effacées succédaient de nouveaux sites, de
nouvelles perspectives. Pourtant chacun à bord
était triste et soucieux : après tant de déceptions
cruelles et poignantes, était-il sage d'espérer encore?

Le territoire qui bordait cette partie de la côte
orientale était le Kohouenndi. Les pointes des collines s'abaissant jusqu'au bord du lac étaient admirablement cultivées ; en maints endroits des petits
murs en pierres sèches retenaient les terres et
formaient des jardins suspendus où s'élevaient
parfois des villages. On voyait les hommes et les
femmes, à peine vêtus d'une ceinture des plus
exiguës, courir sous le soleil, sarcler les champs,
rentrer les récoltes. A une telle hauteur, ils étaient
plus semblables à des singes qu'à des hommes.

Les rochers de cette partie du lac avaient des
formes étranges, impossibles. Couverts d'une végétation exubérante, parfois entièrement cachés sous
les lianes, ils s'élevaient à des hauteurs considé-
rables comme les arches rompues d'un pont de titans
et ne semblaient tenir debout que par des miracles
d'équilibre.

Ailleurs, c'étaient des baies profondes et ombreuses qu'on eut pu prendre pour des prairies naturelles,
tant elles disparaissaient sous des tapis herbeux,
que la nature capricieuse émaillait de fleurs; ailleurs
encore, les falaises perpendiculaires et crénelées
apparaissaient comme les ruines d'un fort auquel
des rochers noirs et élevés servaient de bastions.

On avançait toujours bravant les chaleurs acca-
blantes, les orages mêlés de grêle et de tonnerre
qui parfois bouleversaient la surface du lac, les
flèches des sauvages, les attaques des éléphants et
des hippopotames.

Les monts Counngoué et le Kahouenndi n'étaient
plus que des points vagues à l'horizon ; l'Oufipa
leur succédait avec ses grands villages qu'entourent
des fossés et des triples rangs d'estacades, et où
nul étranger n'est admis. Les hommes et les femmes
étaient toujours dégoûtants de graisse et d'ocre,
tatoués, mutilés, grossiers. Mais combien la vue du
pays dédommageait les aventuriers de celle des
habitants ?

Des volumes entiers ne suffiraient pas pour
décrire les splendeurs, la magique beauté de ce
coin privilégié de l'Afrique ; à celui qui l'oserait, il
faudrait la plume de Cooper, alors qu'elle esquissait
les grands lacs d'Amérique.

Les hommes engagés à Kahouélé, croyant qu'il ne
s'agissait que d'une simple promenade au Nyassa, se
montraient empressés et serviables ; les matelots,
eux, étaient toujours contents, et Cornec, ayant
retrouvé ses « enfants », ne se plaignait plus.

Seuls, Carpezac et Georges étaient sombres. Eux,
si pressés, si confiants autrefois, ils voyaient avec
douleur, avec regret presque les heures se succéder
aux heures, le terme de leur voyage approcher.

Il fallait une secousse violente pour les tirer de
cette apathie.

Cette secousse, ce furent les Vouafipa qui se char-
gèrent de la fournir.

C'était un soir, l'instant toujours choisi par les

nègres pour une embûche ; la lune était brillante et
radieuse, et ses pâles rayons s'égarant sur la surface
du lac l'éclairaient d'une lueur molle et mystérieuse.
Les barques glissaient silencieusement leurs grandes
voiles ouvertes au vent de nuit ; quelques hommes
seuls veillaient.

Tout à coup une vingtaine de canots, armés en
guerre, surgirent de l'ombre que projetait le sommet
d'une roche avancée. Sous la pâle clarté de la nuit
se mouvaient des êtres aux formes étranges ; les fers
des lances, les pointes des flèches lançaient des
éclairs rapides ; mais pas un cri.

— Alerte! cria Cornec, dont c'était le tour de
veiller ; nous allons être attaqués.

Ces paroles rompirent le charme ; les flèches,
habilement dirigées, s'abattirent en pluie sur les
deux barques ; des haches furent lancées pour tran-
cher les cordages des voiles, et une deuxième troupe
parut au sommet du rocher.

Tous les aventuriers, tous les Askaris avaient
saisi leurs armes.

— Feu! cria Carpezac, et visez seulement à couler
bas.

Une éclatante détonation suivit ces paroles ;
mais, à la grande terreur des aventuriers, un bruit
formidable lui répondit ; les couches d'air, raréfiées
par la fraîcheur de la nuit, s'ébranlèrent avec fracas,
et de tous côtés tombèrent dans le lac des masses
de granit, des caps entiers.

Les vagues bouillonnaient tumultueusement, faisant tanguer, emplissant les embarcations heureusement éloignées du théâtre du cataclysme. Les
pirogues des Vouafipas avaient été submergées, et

beaucoup de ces malheureux, frappés par l'horrible masse, ne revirent plus la rive.

— En voilà un pays! s'écria Cornec. Les rochers ne tiennent pas plus que les décors en carton d'un théâtre. Tant de bruit pour un coup de fusil!...

XXIII

La fin du Tanganyika. — Préparatifs. — Dans l'inconnu. —
Une tempête. — Deux navires en danger. — Un cri dans la
rafale. — Sur la côte. — Les inconnus. — Le lougre. — A la
recherche des naufragés. — Une nuit d'angoisse. — L'île
du lac — Eux !... — Où l'on jure de ne plus se quitter. —
Conclusion.

Quinze jours après ils avaient atteint l'extrême
pointe du Tanganyika ; les barques emprisonnées au
milieu de tapis herbeux ou « sinndis » qui héris-
saient les golfes et les baies du sud, n'avançaient
plus qu'avec une extrême difficulté ; il fallut débar-
quer.

Les collines de l'Ouloungou apparaissaient comme
des barrières de granit, placées là par la main des
Titans.

Au-delà, s'étendait le pays des Mazitous ou Vouatouta ; puis, des montagnes encore et, enfin, le lac
Nyassa.

Il fut décidé qu'on n'abandonnerait pas les deux
canots nécessaires pour l'exploration du lac et de la
Shiré. Les hommes étaient assez nombreux pour les
transporter à force de bras ; le voyage serait un peu
retardé, voilà tout...

Le 8 février 187., plus de deux ans après leur
départ de la côte, les aventuriers, perchés sur les
hauteurs, dirent un dernier adieu au Tanganyika

dont les eaux, vivement colorées par le soleil, serpentaient au loin dans leur cadre de hautes falaises; puis, mornes, découragés, ils reprirent leur route dans le mystérieux inconnu.

Cette fois, Dieu aurait-il pitié de leurs angoisses, de leur souffrances? ce voyage insensé aurait-il un terme?

— En avant! s'écria Georges, en agitant son chapeau, Dieu nous voit et nous guidera!...

Les paquets, les armes furent repris; la caravane se reforma, et bientôt Européens, « Pagazis », « Askaris », se suivant à la file indienne, disparurent au milieu des défilés des rochers.

* * *

C'est le soir, sur le Nyassa, dont les eaux tumultueuses s'agitent, s'entrechoquent, couvrant d'embrun les rochers de la rive, deux barques courbées sous leur voilure avancent péniblement.

Un vent violent, soufflant de l'ouest, ajoute encore aux périls de la navigation. Plus d'oiseaux légers sur les flots, plus d'hippopotames sur les bancs de sable : on dirait que la vie et l'animation se sont réfugiées au loin; le ciel est d'un rouge sinistre.

Les deux barques se dirigent vers une petite anse de la côte, mais sans trop espérer l'atteindre. D'instant en instant la tempête redouble de fureur; les lames de plus en plus hautes les secouaient comme de fragiles roseaux, et la tourmente s'engouffrant dans les voiles fait plier et gémir les mâts.

— Hardi, garçons! crie une voix sonore; encore un effort et nous touchons au port!

— Si nous y arrivons jamais? répond une autre voix, c'est humiliant pour un matelot ; mais je crois que notre dernier bouillon sera d'eau douce et non d'eau salée.

Le matelot a raison : sur ces flots démontés, avec d'aussi fragiles embarcations, c'est folie de lutter.

Cependant les hommes ne perdent pas courage ; à mesure que les lames remplissent d'eau le fond des embarcations, cinquante mains sont là pour restituer cette eau au lac ; d'autres sont cramponnés aux écoutes, à la barre des gouvernails : les hommes veulent lutter contre les éléments.

Soudain les vagues se soulèvent avec une recrudescence de fureur ; les barques, violemment jetées de côté disparaissent au fond d'un gouffre horrible, puis se relèvent immédiatement, mais sans mât, sans voile...

— Truslus!... Williams Truslus!... à nous! crie une voix suppliante.

La rafale emporte ces paroles.

— Feu de toutes nos armes!... reprend une voix plus sonore.

Vingt détonations retentissent, et une clarté rougeâtre illumine, l'espace d'une seconde, la terre et les eaux.

Si fugitive que fut cette lueur, elle permet aux malheureux, ballottés par la tempête, d'apercevoir des ombres se mouvant au milieu des rochers de la côte.

* * *

Ils ne s'étaient pas trompés.

Des noirs à demi-nus, des Européens couverts de

vêtements imperméables se retenant aux rochers, assistaient, la sueur de l'angoisse au front, aux péripéties de ce drame terrible, qui se jouait sur les flots. Mais leurs regards se noyaient dans l'ombre; ils ne voyaient rien.

C'est en ce moment que, désespérant de se faire entendre, les marins des deux barques avaient eu recours à leurs armes comme un navire en détresse à ses canons d'alarme.

De même que la lueur de l'explosion leur avait permis d'apercevoir la côte, de même, les spectateurs du rivage purent apercevoir les deux barques brisées, désemparées, avec lesquelles la tempête jouait comme avec une proie assurée.

Ce fut rapide comme une vision.

— Des blancs! s'écria un des individus; eux peut-être, car je ne sais quel pressentiment fait battre mon cœur. Monsieur Trustus, vous avez une barque pontée, il nous la faut.

— C'est courir à votre perte.

— C'est essayer de sauver des infortunés... Je suis marin, Monsieur.

— Soit, dit l'Anglais; mais personne ne vous accompagnera.

— Nous sommes quatre, c'est suffisant.

— Agissez donc comme il vous plaira.

Pendant ce rapide dialogue les coups de feu continuaient, mais sans ensemble, un à un. Brusquement ils cessèrent.

Les quatre hommes s'étaient déjà emparés d'une petite barque pontée, construite sur le modèle des caboteurs de la Méditerranée, et mâtée en lougre, qui dormait au fond d'une crique abritée des vents.

Au moment où ils montaient sur le pont, iis s'aperçurent que deux hommes les suivaient.

— Nous venons partager vos dangers, dirent-ils.

C'étaient Edouard et Harry Trustus.

Les six hommes eurent vite fait de hisser les voiles; le lougre sortit de la crique, tellement courbé sur le côté, que les lames embarquaient par-dessus les plats-bords. Mais personne n'y faisait attention. Cramponnés aux manœuvres, les hardis marins essayaient de sonder les ténèbres... rien !....

De temps en temps, ils poussaient des cris retentissants, bien vite emportés par l'ouragan.

Rien encore !

— Malheur ! malheur ! disait celui qui tenait la barre, nous arriverons trop tard !

—Du courage, capitaine, Dieu ne permettra pas que notre dévouement soit inutile...

La nuit se passa ainsi horrible d'angoisse et d'anxiété. Le lougre courait, bordée sur bordée, manœuvrant au milieu des écueils et des îlots avec un bonheur vraiment providentiel. Parfois il se soulevait au sommet de montagnes liquides pour retomber au fond des sillons que creusait le vent, faisait des embardées terribles ou s'étalait sur la lame, avec tant de force, que ses bordages en gémissaient.

Quand les premières clartés du jour éclairèrent cette scène de désolation, aucune embarcation n'apparaissait sur le lac.

—Ohé ! des canots ! crièrent-ils de toutes leurs forces ; où ?...

Rien... toujours rien...

— Il faut donc revenir sans eux ! murmura celui qu'on appelait le capitaine.

Mornes et désespérés, tous se taisaient.

— Tentons un dernier effort, reprit le capitaine.

Au même instant, Harry lui toucha le bras.

— Là ! dit-il, en montrant un mince filet de fumée que l'ouragan tordait au sommet d'un rocher aride et dénudé, s'élevant comme un îlot au-dessus du lac.

— Des nègres, peut-être ?

— L'îlot est inhabité.

— Allons, alors.

Immédiatement, le cap fut mis sur cet îlot sauvage; le vent heureusement soufflait dans cette direction, et la distance n'étant que d'un quart de mille elle fut bien vite franchie.

Une passe étroite où bouillonnaient les vagues donnait accès à une sorte de hâvre. Au risque de briser son navire, le capitaine l'engagea toutes voiles déployées.

Quelques instants après, un choc redoutable se produisait à l'avant ; mais, au lieu de reculer, le petit navire resta stationnaire ; il s'était engravé presque jusqu'à la ligne de flottaison.

Les six hommes sautèrent dans les flots, qui leur montaient jusqu'à la ceinture, et gagnèrent le milieu de l'îlot.

Là, autour d'un feu immense, alimenté avec des débris de toutes sortes, une centaine d'hommes étaient assis en rond ; partout étaient des armes, des planches brisées, fracassées, des ballots éventrés et souillés par la lame.

En entendant marcher, tous se redressèrent.

— Kerpewen!... Korpewen! cria un de ces spectres en haillons en courant se jeter dans les bras du capitaine.

— Georges, mon fils.

— Horace !

— Carpezac !

— Evariste !

— Cornec !

— Postik !

Et les exclamations se croisaient, et les mains se serraient!... on riait, on chantait, on était heureux......

* * *

Comment Kerpewen, Evariste, Horace, qu'on croyait perdus, dans les solitudes du sud s'étaient trouvés si à propos pour courir au secours de leurs compagnons?

C'est ce que Kerpewen va nous expliquer, pendant que, assis autour du misérable feu, alimenté par les débris fracassés des navires, les aventuriers attendaient que la tempête, qui sévissait toujours, s'apaisât et leur permît de regagner l'établissement de Williams Trustus.

— Notre intention, quand nous avons quitté le Zambèze, dit le capitaine, était d'atteindre le Nyassa, où nous espérions être secourus par les missionnaires anglais, et, de là, arriver à la côte par la Rovouma. Nous croyions Carpezac perdu. Notre voyage s'effectuait dans les conditions les plus déplorables : pas de vivres, presque plus de munitions, encore moins d'espérance.

« Nous errâmes longtemps à travers les immenses territoires du Basengas, du Maravis; nous nous perdîmes plusieurs fois; nous fûmes attaqués, poursuivis par les Vouatouta, retenus prisonniers par eux. A force d'audace et de ruse nous parvînmes cependant à nous échapper; mais notre détresse était horrible.

» Ce fut dans ces conditions que nous atteignîmes à Shiré que nous remontâmes jusqu'à Blantyre. Là, los souffrances cessèrent ; les missionnaires anglais lous accueillirent cordialement, en frères ; nous étions sauvés !... mais la réaction fut terrible.

» Presque tous malades, mourants, nous dûmes remonter à Livingstonia, où les soins les plus empressés nous furent prodigués. Un repos de quelques mois nous rendit nos forces et quelque énergie. Nous allions partir quand nous fîmes la connaissance de Williams Trustus.

» A notre grande surprise, il nous parla de vous ; il nous dit vos espérances, comment, pleins de courage, vous étiez partis vers le Bangouéolo pour nous retrouver.

» Notre première pensée fut de courir sur vos traces.

— » Restez, nous dit le brave Anglais. Courir après
» eux, serait folie insigne ; vous ne les rejoindrez
» jamais. Ils m'ont promis de revenir, et pour de
» tels hommes, une promesse est sacrée. »

«Ces paroles étaient sages ; il fallut nous y rendre.

» Nous attendîmes longtemps.

» Je ne vous dirai pas comment nous vous avons aperçus, quelle espérance insensée nous disait que c'étaient bien *vous* que l'orage emportait ; comment nous nous sommes élancés à votre recherche ; comment, enfin, nous vous avons trouvés...

» De telles choses se devinent et ne s'expliquent point ».

A leur tour, Georges et Carpezac racontèrent leurs aventures. Le récit fut long, et pourtant il parut court tant les auditeurs étaient suspendus aux lèvres des narrateurs. Les deux jours que les aventuriers, si miraculeusement réunis, passèrent sur ce rocher sauvage, furent sans contredit les meilleurs de leur existence.

* * *

Trois mois après, l'expédition revoyait la côte où le yacht croisait, fidèle à ses instructions, et s'embarquait pour la France.

« Paul » et « Virginie », qui, s'ils avaient trouvé un père dans Cornec, rencontraient dans Horace et Evariste des protecteurs dévoués qui assurèrent leur avenir, étaient du voyage.

En arrivant à Paris, Evariste apprit que le percement de l'Isthme de Panama était un fait résolu et que M. F. de Lesseps s'était chargé de mener à bonne fin cette entreprise difficile.

— Bah! dit-il, insensible à cette cruelle déception, il me reste mon chemin de fer!...

Sir Schmith et ses compagnons furent exacts au rendez-vous qui s'était donné sur le Tanganyika pour Paris, et le Grand-Hôtel vit, autour d'une table somptueusement servie, le fusion des deux peuples, fusion représentée, non par de brillants généraux, mais par de pacifiques explorateurs.

Un dernier mot.

Cornec et Le Hir, généreusement aidés par Horace du Bellay, se sont chargés de « Virginie ». « Paul » doit entrer dans un des plus grands lycées de Paris, afin qu'un jour il devienne un homme utile et puisse travailler efficacement à l'émancipation de ses frères en couleur.

Georges et Kerpewen ont repris la mer sur le yacht l'*Isthme de Panama*, devenu leur propriété.

Evariste et Carpezac ne se quittent plus et préparent, l'un des brochures, l'autre des projets gigantesques, dont nous entretiendrons peut-être nos lecteurs.

Enfin, Horace ne s'ennuie plus.

Puisse-t-il en être de même pour ceux qui liront ces pages.

FIN.

TABLE

—

CHAPITRE PREMIER.

Sur la Rovouma. — Cornec et son matelot Le Hir. — La canonnière et la « daou ». — Vieilles connaissances. — Où l'on fait
un retour sur le passé. — Comment et pourquoi nous retrouvons les survivants de l'expédition du Zambèze sur la
Rovouma. — Où s'arrêtent les détails préliminaires et où va
commencer l'histoire.   5

CHAPITRE II.

Nuit sur le fleuve. — Point du jour et paysage. — Continuation
du voyage. — Cornec défie les sauvages. — Les Condés. —
Costumes et parures. — Premières hostilités. — A toute
vapeur. — Cernés de toutes parts. — Bataille. — La canonnière s'échoue. — Enlèvement de la « daou ». — Canonnage
et pillage. — L'explosion. — Hurrah!   12

CHAPITRE III.

Pertes et désastres. — Délibération. — Décision énergique. —
Où Cornec fait un discours et ce qui s'en suivit. — En avant!
— Renflouage de la canonnière. — Premières tombes. —
Toujours sur le fleuve. — Les affluents. — Un peu au hasard.
— Confiance et gaieté des matelots.   19

CHAPITRE IV.

Toujours la Rovouma. — Où l'on entrevoit le tatouage des riverains. — Condés et Vouabiha. — Sur les montagnes. — Paysages. — Le « rêve » de Carpezac. — Comme quoi il vaut mieux espérer que désespérer. — Une attaque d'hippopotames. — Charge furieuse contre laquelle l'artillerie n'est pas de trop. — Où une balle de Cornec épargne à Le Hir un trépas peu poétique. — On abandonne le fleuve. — Par terre. — Premières traces des Mazitous. — Remède contre l'esclavage qui, de prime abord, peut paraître paradoxal.   26

CHAPITRE V.

Vers le lac Nyassa. — Aspect de la contrée. — Potiers et forgerons. — Où Cornec explique pourquoi les sauvages sont si peu vêtus. — Aux approches du lac. — Révolte des « Pagazis ». — Fermeté de Carpezac. — Tout s'arrange. — Un village. — Occupation du chef. — Comment Cornec, après avoir compromis la situation, par une apostrophe véhémente, la sauva, par un trait de génie. — Orgie et sabbat. — Où Carpezac reprend sa théorie sur l'esclavage et ses conséquences.   31

CHAPITRE VI.

Réception d'apparat. — Escalade des montagnes. — Ravins, précipices, fondrières. — Première vue du lac. — Par qui il fut découvert. — Une cambuse ! — Rencontre inespérée. — Habitation européenne en Afrique. — Anglais ou Français — Carpezac tranche la question. — Présentation. — Master Williams Trustus et ses deux fils. — Comment et pourquoi ils s'étaient établis sur le Nyassa.   41

CHAPITRE VII

Festin de Gargantua. — Où Carpezac raconte ses aventures. — Moment d'anxiété. — Où Edouard Trustus parle de blancs entrevus aux abords du lac Banngouéolo. — Eux ! — *Toast* sur *toast*. — Un lit et des draps ! — L'établissement et le lac. — Traitants arabes et esclaves. — Adieux à la maison hospitalière. — A l'ouest du Nyassa. — Encore des montagnes. — Ruines et dévastations. — Villages bien fortifiés. — Indigènes. 49

CHAPITRE VIII.

La plaine des morts. — Séjour aride. — Où l'on ressent les premières atteintes de la soif. — De mal en pis. — « Maître, à boire ». — Révolte. — Noullah desséché. — Plus une seule goutte d'eau. — Où Carpezac et Georges rêvent de lacs et de maisons de campagne. — L'orage. — Cri de Cornec. — Le salut ! 57

CHAPITRE IX.

L'ouragan. — Plus d'eau qu'il n'en faut. — En marche. — La forêt. — Si l'on pouvait tout prévoir. — Sombre séjour. — La grotte des rochers. — Où l'on prépare un souper qui ne sera mangé par personne. — Alerte ! — Dans un enfoncement de rochers. — Les nouveaux arrivants. — Où les Vouatouta trouvent la place bonne et la gardent. — Cri imprudent. — Découverte ! 64

CHAPITRE X.

La bataille s'engage. — A grand orchestre. — Repoussés avec pertes. — Où Cornec révèle un talent qu'on ne lui soupçonnait pas. — Improvisation guerrière. — Le pétard et la fusée. — Feu d'artifice complet. — Déroute des Vouatouta. — Nouveau danger. — Les serpents. — Sous les arceaux des forêts. — On respire. — Où Cornec se proclame le seul et unique de son espèce. — Réponse de Le Hir. — Le point du jour. 72

CHAPITRE XI.

Près de la Loangoua. — Un pont. — Fertilité et pénurie. —
Villages déserts. — Où les pillards ont passé. — Ruine et
désolation. — A travers le village. — Plaintes et gémissements. — Ce que l'on trouve au fond d'une case. — Les abandonnés. — Comment le dernier morceau de pain trouva sa
destination. — Où Cornec se proclame « papa ». — Reprise
de l'étape. — Vouabesa et bouillie d' « éleusine ». —
Halte !...   79

CHAPITRE XII.

Un vieux solitaire. — Georges se dévoue. — Ruse contre force.
— Deux coups de feu. — Charge horrible. — Dans les airs.
— Victoire ! — Où Georges se fait entendre. — Repas copieux.
— Arabes et Mazitous se partagent le pays. — Conversation
intéressante. — Aux approches du lac. — Pays inondé. — On
touche au but.   87

CHAPITRE XIII.

Le lac Banngouéolo. — Premier aspect. — Un village. —
Accueil peu hospitalier. — Où l'on aperçoit le turban des
Arabes. — En retraite. — Deuxième village et accueil aussi
cordial. — C'est un coup monté. — L'assaut. — Ni tués ni
blessés, personne de mort. — Reconnaissance militaire à
travers les cases. — L'ennemi dans la place. — Proposition
des traitants et réponse de Carpezac. — Changement de
sentinelles.   95

CHAPITRE XIV.

Le matin. — Préparatifs belliqueux. — Nouveau parlementaire. — Mission dont il est chargé. — Désertion en masse.
— Où Carpezac annonce sa visite au traitant. — Préparatifs
étranges. — Abandon du village. — Nuit sur la campagne.
— Les aventuriers se séparent. — Vers le lac. — Sam et Joë
se sont acquittés de leur mission. — Passage d'un troupeau
d'éléphants.   102

CHAPITRE XV.

Où l'on voit Carpezac se rendre au rendez-vous. — La demeure du traitant. — Qui va là ? — Où s'expliquent certaines choses. — Pris au piège. — Moyen de forcer les langues rebelles. — Ben-Khéira s'exécute. — La voie que suivent les blancs. — Carpezac donne aux traitants une garde d'honneur. — Aux abords du lac. — Plus de canots. — Un coup de feu. — Évasion du traitant. — Enlèvement d'une « Daou ». — Adieux des indigènes.   110

CHAPITRE XVI.

La fuite. — Les îles du lac. — Les flèches incendiaires. — La voile en feu ! — Coupe ! — Tempête. — L'île de Mpabala. — La barque s'échoue. — A terre. — M'Koualé. — La case des étrangers. — Paternité. — « Paul » et « Virginie ». — Une nuit dans l'île.   117

CHAPITRE XVII.

Détails sur Mpabala et ses habitants. — Industrie locale. — On répare la « Daou ». — Occupations de Le Hir et de Cornec. — Adieux à l'île. — « Paul » et « Virginie » en grande tenue. — Traversée du lac. — Où Ben-Chaouk et Abou-Azer refusent la liberté. — L'Oubemmba et ses habitants. — Marais. — Où la question des lacs est remise sur le tapis. — Ce qu'il reste d'une mer intérieure. — Toujours au nord.   125

CHAPITRE XVIII.

Les forêts. — Villages et traitants. — Le Lonnda. — Kassemmbé. — Passage de la Louonngo. — Chaînes de collines et épaisses forêts. — Beautés et inconvénients du pays. — Misérable équipage. — Où Cornec s'étonne de la quantité de mutilés qu'on voit par les chemins. — Despotisme sanguinaire des Kassemmbés. — Le Kalonngosi. — Le printemps africain. — Le lac Moëro. — Aspect. — La hutte de pêcheurs. — Déception.   133

CAAPITRE XIX.

Les indigènes. — Nouvelle déception. — On apprend que les
blancs ont pris la route du Tanganyika. — Jeu de cache-
cache. — Le chef du lac. — Vers le Tanganyika. — L'Itahoua.
— Un village. — Accueil peu gracieux. — Destructions des
« figuiers écorces». — Tentatives de conciliation. — Prétention du chef. — Où Cornec défend ses « enfants ». — Blessure
du maître d'équipage.   141

CHAPITRE XX.

La lutte. — Découragement des assaillants. — Cinq pour un !
— Enlèvement de « Paul » et de « Virginie ». — En retraite.
— A travers les forêts. — Huttes et idoles. — A quoi elles
peuvent servir. — Désespoir de Cornec. — Passage de la
Tchisera. — Le « senndi ». — Le sol s'élève. — Vouama-
rounngou. — Au sommet des falaises. — Vue de Tanganyika.
— Descente vers le lac.   149

CHAPITRE XXI.

Hutte bâtie sur pilotis. — Les femmes des pêcheurs. — Panique et hospitalité. — Regrets de Cornec. — Les pêcheurs.
— Pourparlers. — Nuit dans la hutte. — L'embarquement. —
Sur le lac. — Perspectives. — Une île flottante. — Surpris
d'avoir fait tant de chemin. — Un mois de navigation. — Au
port. — Les blancs. — Malédiction ! ce sont des Anglais !... 157

CHAPITRE XXII.

Anglais et Français. — Présentation. — D'où ils venaient. —
Où ils veulent aller. — Offres de service. — Nouvel itinéraire.
— Préparatifs de départ. — Générosité des Anglais. — Le
rendez-vous. — Où Cornec se jette à la nage et entreprend
l'abordage d'un navire. — « Paul » et « Virginie » retrouvés.
— Sauvés par un Français, payés par un Anglais. — Sur le
lac, marche au sud. — Nouveaux aspects. — Une dernière
attaque et une catastrophe subite. — En avant dans l'inconnu.   165

CHAPITRE XXIII.

La fin du Tanganyika. — Préparatifs. — Dans l'inconnu. — Une tempête. — Deux navires en danger. — Un cri dans la rafale. — Sur la côte. — Les inconnus. — Le lougre. — A la recherche des naufragés. — Une nuit d'angoisse. — L'îlot du lac — Eux !... — Où l'on jure de ne plus se quitter. — Conclusion.   175

FIN DE LA TABLE.

Limoges. — Imp. E. ARDANT et Cⁱᵉ.

www.ingramcontent.com/pod-product-compliance
Lightning Source LLC
Chambersburg PA
CBHW070854030726
47504CB00005B/1334